サーミランドの宮沢賢治

管啓次郎
小島敬太

白水社

サーミランドの宮沢賢治

装画　Asta Pulkkinen
装幀　中島 浩

サーミランドの宮沢賢治　目次

サーミ人の居住地域

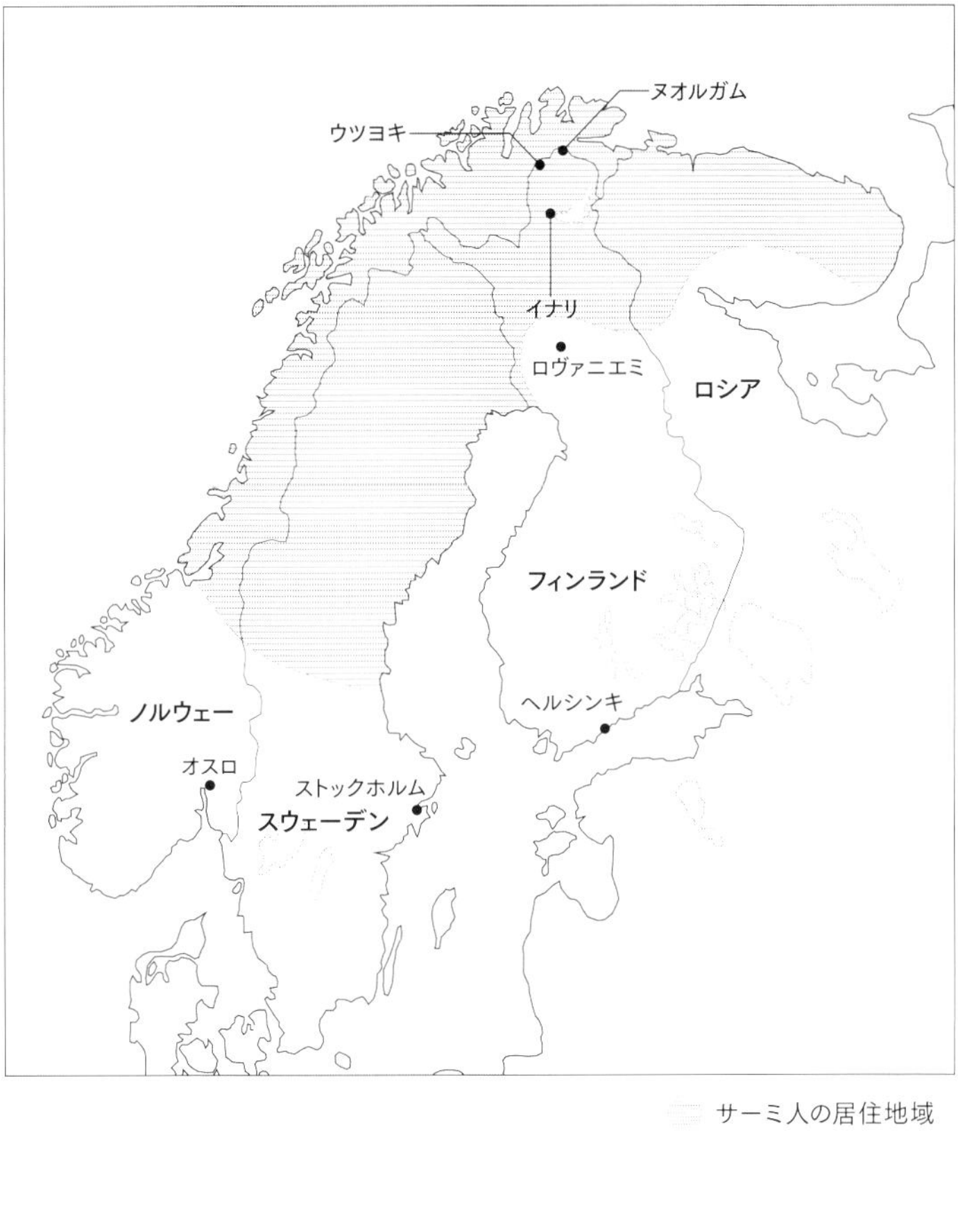

（出典：The International Indigenous Policy Journal 2020年4月）

風 篇

——小島敬太

氷河鼠《ひょうがねずみ》のフェイクファー

二月七日　新宿

「ラップランドですか」

そう言って、店員はうんうんと小さくうなずいた。新宿にあるアウトドアショップの帽子コーナー。もこもこのファーがあたたかそうな、耳当て付きの帽子が並んでいる。

わたしは、なぜか、説明が足りなかったような落ち着かない気持ちになって、言葉を付け足した。

「ええ、あの、フィンランドの上のあたりの。北極近くの」

防寒の帽子コーナーにいる店員さんなのだから、そんなことは百も承知だろう。さらに、わたしは、まるで言い訳でもするかのように早口で付け足した。

「本当は、サーミランドって呼んだ方がいいんですけどね」

彼はわたしを落ち着かせるように、ゆっくりと大きくうなずいてから口を開いた。

「もちろん、こちらのファーでも問題ないですよ。ですが、吹雪の中を進んだりするには、やはり本物の毛皮の方が……本物なら凍りつかないですし」

わたしの説明が悪かったのか、命がけで移動する極地の探検隊のような印象を抱かせてしまったらしい。

一か月後に行こうとしている場所は、つい先日、マイナス38度が記録されたばかりなのだ。

この日、管さんとわたしは旅に必要な防寒具を購入するために新宿に来ていた。シンポジウムや詩祭などで世界中を訪れている管さんでも、真冬の極寒地の装備は持っていないそうで、今日まとめて揃える予定なのだ。

まずは、二人で一緒にスノーブーツを試着する。定番のメーカー「SOREL《ソレル》」のブーツを履いてみると、想像していたよりも生地が厚い。雪道にハマっても靴下まで濡れるのを防いでくれそうだ。フェルト製の中敷きもあたたかい。そんな安心感と引き換えに、ブーツ自体が大きくてかさばる。重さは片足だけで英和辞典一冊分ぐらいあって、足を持ち上げるだけで筋肉痛になってしまいそうだった。それでも他の靴を試してみると、あれだけ履きづらく感じたSORELが自分の足に一番しっくりくる。よし、これにしよう。わたしたちはサイズ違いで同じSORELのブーツを買うことにした。管さんの方が、わたしよりひとまわり大きい。靴の名前は、「CARIBOU《カリブー》（トナカイ）」。サーミランドをともに歩く相棒である。

それから極厚の靴下も買って、下着も買った。寒い場所にはヒートテック一択かと思っていたら、いろいろ選択肢があるらしい。ウィンタースポーツを楽しむのと、オーロラを見るのとでは用途が異なるらしく、それぞれに合った防寒インナーが存在していた。スポーツの予定はないので、迷わずオーロラ仕様を選ぶ。

そして最後に寄ったのが、冒頭に書いた帽子コーナーだった。帽子を試着しながら考える。本物のファーが付いたものは、ずっしり重く、いかにも寒さを防ぎそうではある。しかし、本物の毛皮にはなんとなく抵抗があった。宮沢賢治のある作品を思い出したからだ。

「氷河鼠《ひょうがねずみ》の毛皮」という短いお話である。

舞台は、賢治が住む岩手県をモチーフにした土地「イーハトーヴ」から北へと向かう汽車の中。目的地の「ベーリング駅」は、マイナス40度の極寒の地とのことだ。汽車に乗り合わせたのは十五人ほど。その中で、一人のおっさんが酔っ払って気が大きくなり、周りの客に絡み出す。

『(前略)けれども、君、君、君のその外套は全体それは毛ぢやないよ。君はさつきモロッコ狐《ぎつね》だとか云《い》つたねえ。どうしてどうしてちやんとわかるよ。それはほんとの毛ぢやないよ。ほんとの毛皮ぢやないんだよ』

『失敬なことを云ふな。失敬な』
『いゝや、ほんとのことを云ふがね、たしかにそれはにせものだ。絹糸で拵《こしら》へたんだ』
『失敬なやつだ。君はそれでも紳士かい』

失敬なやつの名前は、タイチという。自分が着ている本物の毛皮を自慢するだけではない。彼は猟師として成功していたようで金回りがよく、まさにこれからベーリングで大量の毛皮を捕ろうとしているのだ。

途中、汽車は予定していないところで急に止まる。そこで事件が起こる。何者かが、どかどかと二十人ほど乗り込んできたのだ。ハイジャック？　手にしたピストルでおどしながら、そのあやしい集団はタイチを引っ立てて、列車から降ろそうとする。彼らの会話を聞く分には、どうやらハイジャックとも違うらしい。

『こいつがイーハトヴのタイチだ。ふらちなやつだ。イーハトヴの冬の着物の上にねラッコ裏の内外套《うちぐわいとう》と海狸《びばあ》の中外套と黒狐裏表の外外套を着ようといふんだ。おまけにパテント外套と氷河鼠《ひょうがねずみ》の頸《くび》のとこの毛皮だけでこさへた上着も着ようといふやつだ。これから黒狐の毛皮九百枚とるとぬかすんだ、叩《たた》き起せ。』

タイチは列車から降ろされそうになるが、先ほどタイチに絡まれた男も目をつけられる。
『外《ほか》にはないか。そこのとこに居るやつも毛皮の外套を三枚持つてるぞ』
『ちがふちがふ』赤ひげはせはしく手を振つて云ひました。『ちがふよ。あれはほんとの毛皮ぢやない絹糸でこさへたんだ』
『さうか』

というわけで、男は自分の毛皮がフェイクであることを素直に白状し、命拾いするのだった。

ちなみに物語の後半では、ピストルを持った怪しい集団の正体は「熊」だと明かされる。熊は、ベーリングにふさわしくない者を追い出す、北の番人のような存在なのだろう。

それにしても、ピストルを持った熊の姿は結構なインパクト。こんな熊に睨《にら》まれたら、近距離からも遠距離からも助かりそうにない。

そんなことを思いながら、わたしは、しばし口ごもった。

「うーん、えーと、あのー、すみません。やっぱりこっちでいいです。軽いですし」

何に対して、誰に対しての、〝すみません〟なのか自分でもよくわからなかったが、最後は早口になりながら、フェイクファーを手に取った。

中華料理店で

アウトドアショップで会計を済ませ、店を出た。管さんはノース・フェイスの極地用コートも買ったので、かなりの量の荷物になっていた。とりあえず、本日のミッションは無事終了というわけで、そのまま、すぐ近くの中華料理店に入る。瓶ビールを傾けながら、テーブルに旅程表を出して、出発までに各自で準備することを確認し合う。

旅は二月二十三日から三月五日までの九泊十二日。羽田発でヘルシンキ、そこから国内線に乗り換えて、北極圏の入り口、ロヴァニエミ空港に到着し、その先はひたすらバスでの移動となる。

体験したことのない寒さと同じぐらい不安だったのがアクセスだった。何時に、どこに行くのか。現地は鉄道がないためバスに頼るしかないが、そのバスは一日に一、二本。本当は、向こうに行ってから、やることを決めるぐらいの気楽な旅にしたいところだけれど、零下数十度の場所で、うっかりバスに乗り遅れるようなことがあると、本気で命が危なくなる。

そもそも、そんな過酷な真冬の北の地に、どうして向かおうとしているのか……ここで一度整理してみよう。

バンドメンバー

わたしと管さんは十年来の友人である。友人と書いたけれど、年齢は二十歳以上離れている。バンドメンバーのような存在、と言い換えれば、「友人」よりも、さらにしっくりくる。わたしたちは、宮沢賢治の作品を原作とした『銀河鉄道の夜』の朗読劇を続けてきた仲間なのだ。

二〇一一年の東日本大震災をきっかけに始めたこの朗読劇は、福島・宮城・岩手をはじめ、東北を中心に全国で公演を続けている。その中心には、小説家・古川日出男《ふるかわひでお》さんがいて、脚本を公演ごとに書き直し、演出をする。管さんは詩人として、わたしは音楽家の「小島ケイタニーラブ」として、そして、柴田元幸《しばたもとゆき》さんが翻訳家として参加する形で、十年以上、ともに行動をしている。

それこそ、ボーカル、ギター、ベース、ドラムのように、それぞれの役割をこなしながら、お互いを支え合い、賢治作品というレパートリーを演じていく。その醍醐味は、二十代にバンド活動で感じたものと同じだった。


管さんとは朗読劇のステージ以外でも一緒になる機会が増えてきた。

二年前の冬。凍えるような屋外で、ある朗読の録音をした日のことだった。

その日、管さんは詩を読んだのだけれど、録音前にディレクターとこんなやりとりがあった。

管さんは、ときおり、言葉のアクセントに自信がなくなってしまうことをディレクターに話していた。名古屋育ちではあるけれど、ご両親は大分県と埼玉県の出身。自分がどの地方のアクセントで話しているのか、わからなくなる、と。


アクセントによる混乱は、わたしにも想像ができた。もっとも管さんとは置かれた状況が違うので、悩みの内容は同じではないけれど。

わたしは、名古屋にもほど近い、静岡県の西の端で育った。地元では、「くつ」（靴）はんそで（半袖）」のように言葉の頭にアクセントがくる。最初から、〝そういうもの〟としてインプットされているので、特別に意識はしていなかったが、上京してから多くの人に指摘された。

「アクセントがおかしい」「イントネーションが変」

それは、標準的なアクセントではないという意味。人生のうち、東京にいる時間の方が長くなっても、まだ言われる。最初の頃は、自分が〃標準〃ではないことに気づいてハッとしていたが、いつからか、それが、ギクッに変わった。隠し事がバレたような後ろめたさとともに、なんだか、おかしくてすみません、〃本物〃でなくてすみません、と謝りたい気持ちに変わっていった。しかし、一体わたしは、誰に、何に謝っているのだろう……

そのあたりの、管さんの考えはわからない。けれど、ディレクターとのやりとりを目の当たりにしたそのとき、わたしの心の奥底から、この四半世紀、押さえつけていた何かが溢れ出していた。

しんしんと冷え込む夜だった。空もすっかり暗くなり、録音を終えたわたしたちは、凍える体で駅近くの中華料理店に入った。

瓶ビールを注いだグラスで乾杯し、早く来た野菜炒めを各自の皿に取り分けはじめる。疲れた頭にビールがやけに早く回った。酔いも手伝い、わたしは、最近読んでいるフィンランド叙事詩「カレワラ」について、そして、そこに描かれる「北」について語っていた。

カレワラは、十九世紀に、フィンランドの医師、エリアス・リョンロットが、フィンランド南東部のカレリア地方で歌い語られてきた伝承詩を集めたもの。初版と第二版の間に、リョンロットは自らの創作も含めた加筆をし、バラバラに採集された伝承詩を、一つの完結した民族叙事詩へとまとめていく。広く世に知られ、わたしが手に取ったものも、その第二版『カレワラ』（小泉保訳、岩波文庫）である。

内容は、二つの部族、「カレワラ」と「ポホヨラ」の対立が軸になる。カレリア地方にいるカレワラの神々が活躍する物語なので、「ポホヨラ」は引き立て役で、徹底的に悪として描かれる。ポホヨラを支配する魔女は、いろんな方法を使い、カレワラを苦しめる。魔女が住む館の門は、熊や狼が守り、簡単に立ち入ることができない。

『カレワラ』巻末の固有名詞の解説によれば、「ポホヨラ」は「北方に位置していると考えられる場所で、暗く寒く諸悪の根源地とされ」、「苦痛や病気が封じ込められている」。ポホヨラが具体的に、どの場所を指すのか、ということについては諸説あるけれど、フィンランドの北部、ラップランドと呼ばれる地方ではないかという見方もある。

いずれにしても、物語から伝わってくるのは、「北」は南部から明確に区別された場所だということ。光の当たらない闇であり、怪しく混沌とした恐怖の象徴のように。

世界を光と闇で二つに分けるのは、近代文明とも通ずるな、と感じていた。例えば「啓蒙する」という言葉は、英語でenlighten。啓蒙の「光（light）」で照らされた場所を〈文明の中心地〉と捉えるならば、光がささない闇の地は、〈未開で野蛮な土地〉とも言えるだろう。

わたしは、そんなふうに描かれる「北」に同情を禁じ得なかった。自分の無意識から、ときどき頭をもたげてくる、「標準」や「中心」になれないコンプレックスのようなものが共鳴したのかもしれない。そして、そんな気持ちを、管さんなら受け止めてくれるだろう、と思ったのだった。


「青島《チンタオ》ビール、追加です」

店員が目の前にドカッと瓶を置き、ハッと我にかえる。

管さんは自分の取り皿に野菜炒めをおかわりしているところだった。

空になった二つのグラスにビールを注ぎながら、わたしは言葉を続けた。

「そういえば、賢治と北の関係も気になっているんです」

「氷河鼠の毛皮」だけでなく、北、鉄道、生と死は、賢治の作品の中で、重ね合わされるように、何度も登場する。

詩集『春と修羅《しゅら》』に収められた「オホーツク挽歌」「青森挽歌」「樺太《からふと》鉄道」などは、賢治が一九二三年、岩手県の花巻から、当時の日本の北限、樺太（現・サハリン）へと鉄道旅に出かけたときに書かれた。表向きは、勤めていた学校の生徒の就職口を探すというものだが、前年に最愛の妹・トシを亡くした賢治の心を癒す旅であったとされている。

北上する列車の中で賢治が感じていたことは、「青森挽歌」でつぶさに語られる。夢とも現実ともつかない、「やみよののはら」を進みながら、賢治の心は妹の思い出でいっぱいになる。

あいつはこんなさびしい停車場を
たつたひとりで通つていつたらうか

賢治の二歳下、まだ二十四歳の若さで、「われらが上方とよぶその不可思議な方角へ」旅立った妹。その後ろ姿を必死で追いかけるかのように、賢治は筆を走らせる。

『銀河鉄道の夜』では、主人公ジョバンニが、死者である友人、カムパネルラと鉄道の旅に出る。ジョバンニたちが住む町に「星めぐりの口笛」が響きわたるケンタウル祭。その夜、その束の間、二人は時を重ね、ともに星をめぐる。

賢治の作詞・作曲した「星めぐりの歌」には、その車窓から見えるような景色が、美しく、せつなさをともなう調べとともに目の前に広がる。

大ぐまのあしをきたに
五つのばしたところ
小熊のひたひのうへは
そらのめぐりのめあて

こぐま座の先にあるのは北極星。銀河の星をめぐり、熊たちに導かれ、北へ、北へ、目指す賢治――

「はーい、餃子と酢豚！」

通りのよい、響く声とともに、後ろの席に注文の品が置かれる。何かのはずみで、ドッと爆笑が起きる。店内はさらに騒がしくなったが、わたしは、くぐもる声でポツポツと、止まることなく、しゃべりつづけた。

「そんなわけで、賢治は『北』に憧れてたのかな、と思ったんです。それは、きっとカレワラに出てくるポホヨラのような、光に追い出された闇と死の場所で……」

言葉が湧き出ていた。「文明社会」「中心」から遠ざかる、北の果てへの憧れは、賢治だけでなく、いつのまにか、わたしの憧れになっていた。

しゃべりおえたときには喉がからからだった。結局、追加されたビールには一度も口をつけないままだった。

「よしっ」

静かに聞いていた管さんは飲みかけのグラスを飲み干した。

そして、混沌とした、わたしの意識の流れを、たったの一言で結晶化させた。

「〈ラップランドの宮沢賢治〉をやろう」

暗い夜道を照らすヘッドライトのような言葉が、この瞬間、二人の間に生まれたのだった。

春が来て、夏になっても……頭の片隅で、ラップランドと宮沢賢治を宿題のように考え続けた。

両者をつなぐものは「北」。闇へと追いやられた、北の果て、ラップランドへの道行きを通して、宮沢賢治が考えた「北」を知ることができるかもしれない。

そうとなれば、道は自然と見えてくる。今のわたしたちに行くことが可能な「ベーリング駅」を目指すのだ。北へ、北へ……。その後のやりとりで、管さんの友人のイマさん（Inger-Mari Aikio）という詩人がフィンランド最北端の村、ヌオルガムに住んでいることを知り、わたしたちにとっての「ベーリング駅」は決まった。ヌオルガムに、北の果てに、賢治の言葉を連れていこう。

調べていくうちに、ラップランドという呼称自体が、虐げられた人々の地のようなニュアンスを持つこともわかった。サーミの人々の地、「サーミランド」の「宮沢賢治」へと名前は変わった。

迎えた二〇二四年の冬。〈サーミランドの宮沢賢治〉は、具体的な道のりとなって、新宿の中華料理店のテーブルの上に現れた。

旅程表を見ながら細々とした確認をした後で、わたしたちは、どちらからともなく、もう一度グラスを掲げた。それは賢治に捧げる杯ではなく、賢治をメンバーに迎えたスリーピースバンド結成の祝杯だった。ヘッドライトを夜通し点《つ》けて、北へと踏み出すアクセルだった。

ぶつかり合ったグラスの音が、騒がしい店内にやけに大きく響いた。

四号線を北に行け　❄二月二十七日ウツヨキ

ブババババ。南からの風が背中に激しく吹き付けた。あまりの冷たさに、思わず、ひーっと変な声が出る。帽子の耳当てが揺れ、ガサついた音とともに鼓膜に低い振動が伝わってくる。

わたしと管さんは、フィンランドの国道四号線を徒歩で北上していた。

真冬の北極圏といっても、アウトドアショップで揃えた防寒着のおかげか、それとも暖冬なのか、風さえ吹かなければ下着が汗ばむほど。歩き続けて血のめぐりもよくなっている。こんなとき、通常なら鼻の頭にじとっと汗がにじんでくるのだが、極端に乾燥した気候のせいか、かさかさしたままだ。

どこかでカラスがさかんに鳴いているものの、これも湿気がないためか、その声には家の近くの田んぼで夕方に聴くような、耳にまとわりつく粘っこさは感じられない。遠くまで来たという実感が、じわじわと身体に染み込んでくる。

お腹は減っていなかったが、それぞれのリュックの中に朝ご飯の残りのサンドイッチを詰めこんである。慣れないスノーブーツで雪に足を取られそうになるたびに、揺れるリュックの中で「ここにいるよ」という感じで、ガサガサ、ワサワサと音を立てている。

片側一車線の道は決して広くないものの、車がほとんど来ないため狭いとも感じない。それでも、左端の、おそらく半年前には路側帯だったはずの雪道を縦に並んで歩くことにした。管さんが前でわたしが後ろ、おのずとわたしは管さんの足元を見て歩く。二人でサイズ違いの「CARIBOU《カリブー》」の足跡を雪道につけていると思うと、まるでトナカイの群れにでもなった気分。

管さんが地面から足を上げるたび、ヒヅメで後方にかきあげられたかのように、靴底に入り込んでいた雪のかけらが、ひらひらと舞い上がる。

昨日、バスを降りたときからわたしは、この土地と仲良くなれそうだと感じていた。それは、雪を踏んだときの「音」のおかげだ。残響のない、生まれたての音。シャグ、シャグ、という水分を含んだシャーベットのような音ではなく、床に落ちて割れたグラスの破片をスリッパで踏んだときのような、パキッ、パキッという感じ。「パキーン」の「ーン」のような余韻はない。雪が音を吸うのもあるだろうし、湿度の低さもあるだろう。高い音が目立つのは、雪の結晶のサイズがロヴァニエミやイナリよりも小さいからかもしれない。

管さんとの旅は、今日で四日目だった。飛行機内で一泊、ヘルシンキを経由して北極圏の入り口にあるロヴァニエミに着き、高速バスでさらに北にあるイナリに向かい、そこからマイクロバスに乗りかえて、昨日、フィンランド最北の自治体であるウツヨキにたどり着いた。毎日が移動日で、バスの乗車時間ばかり気にしていたが、今日は終日、ウツヨキ滞在。かさばるトランクを引きずらなくてすむのは気が楽だ。朝食を済ませたわたしたちは、フィンランド最北の教会と言われる、ウツヨキ教会までタクシーで行き、そこから国境近くのホテルまで6キロほどの道のりを歩いて帰ることにしたのだった。

道路に沿って見下ろせば、湖が広がり、氷が張っている。その向こうには、「トゥントゥリ」と呼ばれる、この地域特有の標高数百メートルの小高い山々が、雪の衣に包まれて、連綿と続いている。白く、ふっくらした、なだらかな傾斜が、どこかアイスクリームの「雪見だいふく」を思わせる。トゥントゥリ（tunturi）は、サーミ語が由来とされ、そこからロシア語の永久凍土地帯を指す「ツンドラ（tundra）」という言葉も派生している。

先住民のサーミの人々が、サーミランドと呼ぶこの地域は、ノルウェー、スウェーデン、フィンランド、ロシアに跨がる北極圏の広大な一帯。フィンランドでは、面積の三分の一近くを占めるラッピ県の、北半分ほどがその範囲に収まる。

ロヴァニエミ近郊では、背が高く太い幹の白樺たちが電柱のようにキリッと立ち並んでいたが、イナリを越え、緯度が上がるにつれ、その景観は変わる。「森林限界」を越えた樺の木は、ちょっとした高さの丘に生えているものでも、富士山などの高山帯の木々と同様に、背の低い灌木状になる。フィンランド語では、その名も、tunturi koivu という。koivu が「樺」を指すので、トゥントゥリシラカバ、トゥントゥリカンバといったところか。

今や、かつてのキリッとしたカバノキ属の姿は見る影もなく、だだっ広いトゥントゥリに、くしゃくしゃになった針金のようなものが、チロチロと生えるだけ。なかには、雪を受け止めた枝がその重みで地面にのめり込み、いびつなアーチを描いているものもある。幹もなんとかバランスを保っているという弱々しさで、最後の気力を振り絞り、かろうじて顔だけ出しているかのようだった。思わず、「へたっ」とか「へろへろ」とか、そんな言葉を使いたくなる。見るからにくたびれ果てたその姿に、サーミランドの冬の過酷さを感じ取る。

悪魔の熊

ワサッ。再びリュックの中で、サンドイッチが音を立てる。

数日前にロヴァニエミの食堂で管さんが発した言葉を思い出す。

「こっちのパンは重くてしっとりしてるでしょ」

二人の皿にはクロワッサンが一つずつ。たしかに、フィンランドに来て以来、どこの店で食べるパンもどっしりとお腹にたまる感じがあった。

「これはね、バターの量が違うんだよ。使ってる量が日本のと全然違うから」

普段、日本で食べるクロワッサンは、それこそウツヨキの雪のように、カラッとしていて、口の中でパリパリと剝がれ落ちていくようだった。一方、こちらで食べるクロワッサンは、しっとり、フニフニ。香りとともに口中に解き放たれる大量のバターは、わたしのようなバター好きにとっては、もはや夜明けに差し込む光芒のよう。食べ終わってもなお、余韻が天女の羽衣《はごろも》のように口の隅々をたゆたっていて、コーヒーを飲むのをためらうほどだ。

すっかりクロワッサンの虜《とりこ》になったわたしは、本日の朝食のクロワッサンのサンドイッチを大切に包み、リュックに入れたのだった。

重量も確かにあり、出発前に急いで買ったスマホ用の携帯バッテリーぐらいあった。どちらも、光を放ちながらパワーを補給してくれるものと考えると、妙な説得力がある重さで、途中でアクシデントがあってもきっと大丈夫だろうと、わたしを心強くさせるのだった。


パキッ、パキッ……

ワサッ……ワサッ……

カアア

スノーブーツとクロワッサンの二重奏の隙間を縫うように、再びカラスが鳴いた。カラッとした空気に、やはりカラッとした爽快さで声が響き渡る。

サーミランドのカラスはワタリガラスで、ちょうど冬のこの時期に卵を産むそうだ。今も何か忙しい作業の最中なのかもしれない。二日前に訪れたイナリのサーミ博物館には、ワタリガラスの剝製があり、わたしの家の近所で見るカラスより、ひとまわりほど大きかった。ワタリガラスを見ることができるのは、北海道以北。もしかしたら、賢治も樺太鉄道の旅でその声を聞いたかもしれない。


賢治の物語「氷河鼠の毛皮」の中で、イーハトーヴから北へと走る汽車の目的地は「ベーリング駅」。実在はしないけれど、仮に、その駅がベーリング海峡と同じ緯度と考えると、北緯66度あたりだろうか。ウツヨキは北緯68度でさらに北極に近いから、ひとまずわたしたちは「北の果て」の入り口に足を踏み入れたことになるだろう。

乗り継ぎも問題なく、至って平穏無事な旅。ピストルを持った熊に襲われるようなことは今のところ起こっていない。そもそも、熊は今頃、冬眠の真っ最中だ。

とはいえ、油断はしていられない。ここには「悪魔の熊」がいる。クズリという名の、別の「熊」が。

英語ではウルヴリンともいわれるクズリはイタチ科の希少動物。雪に大きな足跡を残し、その分厚い毛皮で大きく見えるものの、体長は1メートルほど。けれども、熊がおやすみ中のサーミランドは、クズリの天下だ。

イタチなのに「悪魔の熊」と呼ばれるのは、その食性にもあるかもしれない。果実や木の実を食べるところは熊と似ている。あと動物の腐肉も食べる。それもあるからか、熊の食糧を奪うこともする。

サーミ博物館の剝製を見ていて、このクズリの存在を知った。

体重は最大でも30キロあたり。ということは、わたしの飼っているラブラドールとほぼ同じ。チョコレート色の毛色もそっくりで親近感がわく。

そうかそうか、大きな熊にも負けず、君はなかなか健気にがんばっているな、と思っていたけれど、よくよく見てギョッとした。それは、冬場のクズリ一家の和気藹々《あいあい》とした生活風景を再現したものだった。一家が暮らす雪の洞穴で、クズリの親が、生まれたばかりの二匹の子どもに餌をくわえて持ってくる。「ぼうやたち、ごはんだよー」「わーいわーい！」その餌は何かと見てみると、一本のトナカイの足だった。

そう、クズリは木の実や腐肉だけでなく、自分より大きな、生きている動物も襲うのだ。

日本でも熊に家畜が襲われる「クマ被害」の報道を聞くけれど、サーミランドのトナカイ所有者は、「クズリ被害」にも悩まされている。サーミランドの人々は伝統的に、トナカイ放牧をしているが、やりたい放題のクズリが相当な被害を与えているらしい。トナカイ所有者は、クズリに殺されたトナカイの死骸を見つけた場合、補償を受けることができる。とはいえ、雪に掘った洞穴で暮らす、神出鬼没の「悪魔の熊」は手に負えず、希少動物ながら、毎年、数頭のクズリ狩猟許可が発行されているという。

このクズリ、本人たちはただ一生懸命生きているだけなのだろうけれど、人間目線で見ると、相当に「たちが悪い」らしい。獰猛《どうもう》で向こう見ず、身体能力抜群で、しかも頭が良いときている。

大きな手足は、かんじきのようになって、雪の上を高速で移動できるし、木の上で待ち伏せて、自分より体の大きな獲物に一気に跳びかかる。あごの力が強く、獲物の骨をも砕く……らしい。

骨がゴキゴキと砕ける音を想像して、背筋に気温のせいではない寒気が走る。

思わず、近くに木がないか、キョロキョロしてしまう。

「悪魔の熊」の大きな獲物……そこに、わたしたちが入っていないことを静かに祈る。

クズリほど激しくはないが、「氷河鼠の毛皮」では、動物の命を何とも思わないタイチという男が熊たちに懲らしめられる。熊にとって、タイチは北にふさわしくないブラックリストの筆頭のような存在なのだろう。それは、語り手である賢治自身にとっても同じようで、タイチのことを「こんな馬鹿《ばか》げた大きな子供の酔どれ」と強い口調で非難している。

同じく、語り手が感情を溢れ出させる物語がある。「なめとこ山の熊」だ。


なめとこ山は、人里離れた山。猟師の小十郎《こじゅうろう》はそこに住む熊を狩り、肝や毛皮を町で売って生計を立てている。猟師といってもタイチとはまったく違って、小十郎は、自分の生活に必要最低限の熊しか殺さない。

なめとこ山の熊たちも小十郎を恨むわけでもなく、むしろ好きだった。殺したくない熊を仕方なく殺さねばならない小十郎の葛藤を、熊たちも知っているのだ。

小十郎は今日もお金に替えるために、熊の毛皮を背負い、山から町に降りていく。荒物屋ののれんをくぐると、そこにいるのは、大きな唐金《からかね》の火鉢を出して、どっかり座る主人である。

小十郎が心を痛めて狩った熊の皮は、この荒物屋の主人に買い叩かれてしまう。

賢治は、この荒物屋の主人に対して、こう語る。

こんないやなずるいやつら

僕はしばらくの間でもあんな立派な小十郎が二度とつらも見たくないやうないやなやつにうまくやられることを書いたのが実にしゃくにさはってたまらない。

北へ、北へ。賢治を連れていこう。タイチや荒物屋のような「いやなずるいやつら」がいない場所へ。

と、そこまで思いを巡らせたとき、強い衝撃とともにバランスを崩した。

ハッと気づいたときにはもう遅く、雪の中に踏み入れた右足がそのまま、ずずずずっと奥まで入っていくところだった。足は、ひざまでずっぽり入ったところで止まった。

音に気づいて、前方を歩く管さんが振り向いたが、「大丈夫です、そのまま進んでください」という意味で、わたしは手を大きく振った。

管さんは「よしっ」という表情で頷いて顔を戻すと、ゆっくり歩き出した。

わたしはバランスを取り、転ばないようにして、雪にはまった右足をそおっと持ち上げた。

雪を払いながら、わりと当たり前のことを真剣に悟る。
〈ぼんやりしていたら危険だ〉
今はしばし、歩行に集中する。

パキッ、パキッ
ワサッ、ワサッ

サーミランドの青空が光っている。白い雲がたなびいている。確かなリズムの反復が、わたしの心を落ち着かせていく。
信号機の上で鳴いていたワタリガラスは、用事を終えたのか、ノルウェー国境の方に飛び立っていった。

ワタリガラスを追うかのように、南風が四号線を再び駆け抜けていく。わたしは、もう一度、ひーっと小さな声を上げて、体をすくめる。それから、すっかり開いてしまった詩人との距離を詰めるように、雪まみれのスノーブーツを急いで前に進めた。

陰気な郵便脚夫

✲ 二月二十七日 ウツヨキ、二十八日 ヌオルガム

四号線の先に、ウツヨキの中心部が見えてきた。建物がポツポツ見えはじめ、人里に来たという感じが強くする。左手には、サーミ音楽学校。続けて、小学校と中学校、図書館も並んでいる。右手には新聞社のマークがついた建物も見える。もっと行けば、バス停代わりのカフェとスーパーマーケットがあるはずだ。

オレンジ色のポストを通りすぎたとき、「郵便脚夫」の詩を思い出した。

七つ森のこつちのひとつが
水の中よりもつと明るく
そしてたいへん巨きいのに
わたくしはでこぼこ凍つたみちをふみ
このでこぼこの雪をふみ
向ふの縮れた亜鉛《あえん》の雲へ

陰気な郵便脚夫《きやくふ》のやうに
（またアラッディン　洋燈《ラムプ》とり）
急がなければならないのか

（宮沢賢治「屈折率」）

第一詩集『春と修羅』は、この詩から始まる。

ベートーヴェンが好きだった賢治は交響曲第五番ハ短調「運命」をイメージして、この詩集を作ったと言われている。となると、この詩は、さながら、「運命」冒頭のあの有名な〃ジャジャジャジャーン！〃にあたるのだろうか。

賢治は、東京から地元・花巻に取り寄せた「運命」のレコードを、蓄音機で夢中になって聴いていたという。暗くて重苦しい、恐怖さえ感じさせるような「ハ短調」から始まり、楽章が変わって、明るい「変イ長調」に、そして最後には希望に満ちた「ハ長調」で大団円を迎える――。

難聴を患い、遺書を書くまでに追い詰められたベートーヴェン。まるで、その〃運命〃に打ち克つ過程を描いたかのような、このドラマチックな交響曲に、賢治は自らのとんな思いを重ねたのだろう。

その音楽は『春と修羅』の構想以外にも賢治に様々な影響を与えたようで、あの有名な、コートを羽織り、帽子をかぶって歩く賢治の写真も、田園を歩くベートーベンの肖像画を模して撮影されたと言われる。

運命が扉を叩く「ジャジャジャジャーン！」の音に背中を押されるように、でこぼこの雪を踏みつけ歩く。凍りついたこの一本道の先に、一体何が待っているのだろう。

オーロラの特等席

昼も少し過ぎた頃に宿泊中のホテル・ウツヨキに着き、夕方までそれぞれ自由に過ごすことにした。

カウンターに行って、スタッフの一人に声を掛ける。休憩中なのか、昨日応対してくれた受付の女性は席を外していて、見たことのない男性がいた。受付の裏にある厨房で働いている人が臨時で座っているようだった。

「すみません、このホテルでオーロラがよく見える場所ってありますか」

昨日、受付の人に対したのと同じノリで英語で話しかける。

予報サイトを見るかぎり、今夜のウツヨキは雲マークで埋めつくされているが、深夜に一時間だけ晴れマークが顔を出している。雲の切れ目からオーロラが見えるかもしれない。

実際、事前にネットで調べたかぎりでも、ホテル・ウツヨキ周辺では暗い夜空にオーロラがはっきりと見えるはずで、ホテルの人に聞けば確実なはずだった。

だが、スタッフの人はただ小さく首を振るだけだ。

オーロラはここでは見えないよ、という意味でないことは表情でわかった。他をあたってくれ、という顔だ。

わたしの英語の発音の問題かもしれないが、昨日の人には問題なく通じていたことを思い出し、おそるおそる、フィンランド語に切り替えてみた。活用ができる自信がなかったので、最初から諦め、「オーロラ」「見る」「できる」「このホテルで」「どこ」「今夜」、とにかく、ありったけの単語を絞り出す。

すると、スタッフの人は、おっという顔を一瞬すると、ふむふむと小さくうなずいて、隣の部屋のラウンジのようなスペースにあるテーブルまで案内してくれた。よかった、通じた！　もちろん、文法的にはめちゃくちゃだったはずだけれど、この発音とイントネーションで通じたことが、たまらなくうれしかった。言葉を学んでいると、こんなふうに、オーロラ級の思い出になる瞬間がときおり訪れる。

これまでフィンランド語の参考書を相棒に、一人で勉強していただけなので、そもそも人前でフィンランド語を発したことさえなかった。けれども、なんとかなった理由は、「イントネーション」にあったとわたしは感じている。

「キートス（ありがとう）」「ヒュバ（良い）」「マトカ（旅）」というように、フィンランド語は単語の頭にアクセントがつく。これはわたしの地元のアクセントととても似ていて、それがフィンランド語に親近感を覚えたきっかけだった。一つ一つの単語が汽車のように連結して、ガタンゴトンと同じリズムで奏でられる。ずっと聴いていたくなるし、地元に帰ったように気持ちも落ち着いてくる。

発音はrの巻き舌などに気をつければ、ほぼローマ字読み、というのも、独学者にはありがたかった。

そういえば、宮沢賢治はエスペラント語を学んでいた、という。「イーハトーヴ」も、「岩手」をエスペラント語にしたものだとか。ちなみに、エスペラント語もローマ字読みで、アクセントも規則的。きっと勉強もはかどったことだろう。もし、時空を超えて賢治と語ることができたなら、そんな話で盛り上がれるかもしれない。

夕方になり、受付の人にすすめられたラウンジのオーロラ特等席で管さんと夕食を取る。オーロラにはまだまだ早いが、西日に照らされ燃え上がるようなトゥントゥリの稜線と金色に縁取られた雲の姿に息を呑む。お昼に食べる予定だったサンドイッチはリュックに入れたまま手をつけずじまいだったので、スーパーで買ったサラミやチーズと一緒に食べることにした。ラピンクルタ（「ラップランドの黄金」の意味）というサーミランド産のビールで胃の中まで金色に染まる。

このままオーロラがやってくる深夜までここにいてもよいぐらいの心地よさだったが、窓の外では樺の木がしなりはじめていた。それから天候は急変し、一時間後ぐらいには吹雪になって、オーロラの気配すらなくなってしまった。

予報サイトの晴れマークを信じて、夜も遅くなってから再び特等席で待機するが、吹雪は弱まるどころか激しくなる一方だった。隣の席で、サウナから出てきた、五、六人の酔っ払いがどんちゃん騒ぎをはじめたので、そそくさと引き揚げた。

部屋に戻ると、管さんが机にノートパソコンを出して何かを書きはじめていた。入っていったわたしに振り向くこともなく集中している。そういえば、フィンランドから帰った後に、カナダで行われるシンポジウムに参加すると言っていたっけ。

邪魔しないように、そろりそろりとベッドまで移動して横たわると、目の前の窓ガラスが小刻みに揺れている。窓に近づくと、壊れたプロペラのような、ガタタンッ、ゴトトンッ、という音が外から聞こえ、その音と共振しているようだった。

音はどんどん激しくなっていき、そのうち制御機能を失って暴走する洗濯機のようにグァタタターンッ、グォトトトーンッと尋常ではない音を響かせはじめた。それこそ「運命が扉を叩く音」のよう。

あまりに激しく鳴り止まないので、コートを羽織り、裏口から外に出て、音の出どころを探ってみた。音が鳴る方へ進むとすぐにわかった。

玄関の屋根に飾られたホテル・ウツヨキの看板が風を受けて揺れているのだ。

しばらく鳴り止みそうにないな、と思ったが、音の正体がわかると、にわかに気分が落ち着いた。

コートの雪を払って部屋に入る。管さんはまだ何かを書いていた。再び、そろりそろりと移動して、ベッドに寝転び、目をつぶる。それから、あっという間に眠りに落ちた。

ウツヨキの犬

差し込む朝日に目が覚める。吹雪はすっかりおさまっていた。

今日は、ウツヨキよりさらに北東、今回の「めぐりのめあて」、ヌオルガムへの移動日だった。少し早めにバス停の前にあるカフェ兼土産物屋に行って、バスを待つことにする。トランクを引きずり、店まで歩いていくと、玄関に積もった真っ白な雪の中に、茶色と黒の大きな塊があった。犬だ。バーニーズ・マウンテン・ドッグという大型犬がリードで繋がれ、はあはあっと白い息を吐きながら、気持ちよさそうに目を細めて座っている。

犬好きのわたしと管さんは建物の前でぼんやりと突っ立ち、寒さも忘れてバーニーズに見惚れた。バーニーズはこちらの視線を気にする風もなく、雪の上にゆったり座り、あくびをしながら悠然と過ごしている。するとお店の中から初老の女性が出てきた。バーニーズの飼い主のようだ。彼女はバーニーズの前足付近に、食べ物らしき、ジャガイモ大の塊を投げ入れた。バーニーズはすっくと身を起こし、それを丁寧に咥《くわ》えると、こんもりと積もった雪の前に少しだけ移動した。そして前足を雪に突っ込んで、慣れた手つきでシャカシャカと器用に穴をあけた。それから口に咥えた食べ物をそこにうやうやしく置くと、雪の皿の上でゆっくりと食べはじめた。

とっさに「えらい！」という言葉が出る。人間で言えば、直箸《じかばし》でなく取り皿にうつして食べるようなものだろうか。女性に犬の名前を聞いてみる。

「Rohmu」

女性は答えた。

ロフム……ロフム……

口の中で何度も呟く。名前を知ったからといって何か素晴らしいことが起こる、ということもないけれど、それでも嬉しかった。外からふらふらとやって来た旅人が、その土地に根ざした確かな何かに繋がったような気持ちになる。きっと日本に帰っても、ロフムと呟けば、わたしの心は、ウツヨキバス停のこの瞬間に戻ってこられる。まるで、魔法のように一瞬で。

しばらく建物の中で寒さを凌《しの》ぎ、そろそろという時間に外に出る。ロフムは今日ウツヨキに着いたばかりらしき観光客と記念写真を撮っていた。その様子を横目で見つつ、定刻通りにやって来たバスを迎える。一昨日乗ったのと同じ、銀色のマイクロバス。駐車場に停まるとすぐさまドアが開き、運転手が赤いキャップの下から睨むような目つきでこちらをのぞいた。

陰気な郵便脚夫

この運転手は一昨日と変わらず、おそろしく無口だった。乗降口で、タブレットに映った予約者リストを無言で見せられ、こちらが自分の名前を指差すと、早く奥に行け、というふうに首を小さく横に振る。挨拶も返さないし、話しかけても答えることはない。

最初は機嫌が悪いのか、とも思ったが、一昨日も今日もそうだから、これが通常運転らしい。とにかく何を考えているのか、表情や仕草からはまったくわからず、もはや寡黙を通りこして「不気味」とでも形容したくなる。

ガタンゴトン……バスは走り出す。

汽車でもないのに、なぜガタンゴトンかというと、積荷に関係がある。このバスは、バス停間をただ走るだけでなく、道中の店に立ち寄り、荷物を受け取って、移動先にある別の店などに届ける宅配のようなサービスも兼ねている。そのため、バスの乗り口付近に荷物の段ボールが堆《うずたか》く雑然と積まれていた。おそらく段ボールの中に重めの金具類もあるのだろう。それが揺れ、汽車の中で車両の連結部分が奏でるような一定のリズムを刻んでいるのだ。

運転席の赤いキャップもそれに合わせるかのように細かく無機質に揺れている。前から見ても、きっと変わらず無表情のままだろう。

学校帰りのにぎやかな学生数人を途中で降ろすと、バスには、いよいよ、重苦しい空気が充満してきた。

運転手が醸し出す空気なのか、マイクロバス内の空気循環の問題なのか、漂う空気が本当に重く、頭が痛くなる。ガタンゴトンも、やけに甲高く響いて、耳を覆いたくなる。

窓の外はどんよりとした曇り空。どこまでも続くトゥントゥリに昨日はあれだけ感動したくせに、今は永遠に終わりが来ないようで気が滅入る。窓から顔を離し、わたしはスマホを取り出した。

ガタンゴトン……

今夜泊まる宿の位置を調べておこうと、地図アプリに住所を入力し、わたしはあることに気づいた。表示によれば、宿は終点となるバス停からさらに離れているらしい。1キロはありそうだ。道は片側一車線で、ほとんど歩道らしきスペースもないだろう。そんなところをトランクを引きずって長時間歩くのは、できるだけ避けたかった。少しでもいいから、バス停の先にある宿の近くまで行ってくれるよう、運転手に相談することにした。話しかけても反応がないのは予想していたが、やるしかない。

荷物を下ろしにバスが停まったタイミングで、スマホの地図を見せながら話しかけた。

「わたしたちはこの宿に泊まります。近くに停めてくれませんか」

英語で話しかけても、彼は無言で首を振るだけだ。

昨日のホテルの受付の男性を思い出した。都市部とちがい、この辺りでは人々は英語をしゃべるとは限らないのだ。

バスが再び停まったタイミングで、先ほどの質問をフィンランド語にして、再度、運転手に話しかけてみた。

すると、あのホテルの男性みたいに、口角が少しだけ上がり、口元が緩んで……といった展開を期待していたが、そんなことはなかった。最初とまったく変わらずの無表情で、彼は小さく首を振った。

フィンランドの言葉

わたしたちがこれから会いに行くイマさんのような、フィンランド在住のサーミの人々は、公用語としてフィンランド語をしゃべる。と、同時に、母語のサーミ語でも話す。フィンランド統計局によると、二〇二三年の時点で、サーミ語を母語とする人の数は二〇五一人。フィンランドの人口の0・04%にも満たない数だ。

しかし、ウツヨキでは、この割合がぐっと上がる。ウツヨキの人口の41・52%にあたる四七三人がサーミ語話者で、この割合は、自治体の中で最も大きい。土産物屋に入れば、サーミ語で書かれた本がずらっと並んでいるし、道路の案内標識は、UTSJOKI（フィンランド語）とOHCEJOHKA（サーミ語）の二重表記。この地域では、一九九二年から、サーミ語が公用語として認められている。

言語は、常にデリケートな問題をはらむ。人が言葉を使って思考をする以上、言語は考え方を大きく左右する。自己形成、アイデンティティと深く結びつく。

サーミの人々が、圧倒的多数のフィン人の言葉であるフィンランド語をどういう気持ちで使っているか、簡単に推し測ることはできない。わたしが嬉々として話しかけたフィンランド語が、人によっては傷つけている可能性もある。

そもそも、目の前の彼がサーミの人かどうかもわからないし、ただ不機嫌なことが数日続いているのかもしれないし、わたしみたいな観光客が好きじゃないのかもしれないし、わたしのような人間が好きじゃないのかもしれない。

そんなことを考え出したら、何もできなくなってしまう気がしないでもない。けれど、自分のような旅人の無邪気で無自覚な好奇心が、その土地に住む誰かの心を波立たせているかもしれないことへの想像がわたしにはもっと必要な気がしてくる。

カタコトの先に

まばらだった人家が密集しはじめ、ポツポツと大きなお店も見えてくる。ハッとして、わたしはスマホの地図アプリを見た。もうすぐヌオルガムに着くのだ。

それまであれやこれやと考えていたことも、情けないことに、焦ったわたしにとっては一気にどうでもよくなってしまった。とにかく1メートルでも先まで送ってもらいたい。フィンランド語のカタコト列車で道を切り開かねばならないのだ。

もう一度、さっきと同じフィンランド語で話しかける。無反応。無表情。運転中というのもあるが、こちらを見向きもせず、わたしの声が聞こえているのかも怪しかった。

頭を抱えたわたしを乗せながら、バスは減速して終着点のバス停に近づく。しかし停車はせず、ドアは開かなかった。徐行しながら通り過ぎると、Uターンするわけでもなく、さらに先へと、運転手がグイッとアクセルを踏んだ。伝わっていたのだ！

運転席のすぐ後ろで、よっしゃ、と小さくガッツポーズしているわたしに、運転手が振り向いて小さな声で話しかけてきた。

「Friday?」

英語だ。金曜日に関係する何かを尋ねているのだ。

今日は水曜日。二日後の金曜日の朝、このバスに乗り、ヌオルガムを発つことになっている。おそらくオンラインで予約したリストをこの運転手が見て、同じやつが乗ってくると判断したのだろう。すなわち、

「君たち、金曜日にまた乗るんだよね？」

という意味だ。

わたしは激しくうなずいた。そして、自分でもなぜかわからないが、「金曜日」をフィンランド語で繰り返した。

「Perjantai! Perjantai!」

運転手はそれには反応せず、また前方を見て運転を続けた。

そして、もう一度ちらっとこちらを見た。

「Ivalo?（その日は、イヴァロまで行くの？）」

「Ei, Inari（いいえ、イナリまでです）」

運転手はふーん、そう、といった感じで、表情筋を動かさないまま小さくうなずいた。


結局、少し行った先にあるコテージが並ぶキャンプ場の前で降ろしてくれた。車窓から見える同じような景色の連続で、時間感覚がおかしくなっていたが、ウツヨキから一時間足らずの移動時間だった。

実はこのとき地図アプリを読み間違えていて、わたしと管さんはこのあと、もう一つ隣のキャンプ場まで数十分の道のりを歩くことになるのだけれど……とにもかくにも、この運転手のおかげで、当初の予定より宿の近くに来ることができた。降りるとき、わたしは興奮したまま声を掛けた。
「Kiitos paljon! Nähdään perjantaina!（どうもありがとう。また、金曜日に！）」
渾身のフィンランド語だった。カタコトなりに、湧き上がる感謝の気持ちをそのままに伝えられたつもりだった。運転手は、それにはまったく反応せず、フロントガラス越しに、退屈そうに前を向いたままだった。早く降りろ、ということだろう。

ドアを閉めると、ブオオンと音を響かせ、運転手は去っていった。すべての荷物を下ろし終え、軽やかに去ってゆく銀の塊を見つめながら、胸がポカポカとあたたかかった。
フィンランド語なのか英語なのか、なんだかわからないが、とにかく何かが通じたのだ。もし、何か一言でもサーミ語で話しかけることができていたら、彼はどんな表情をしたのだろう。そんなことを思った。

イナリのサーミ博物館の土産物コーナーに、〈フィンランド語－北部サーミ語〉の辞書があったことを思い出す。よし、イナリに戻ったら、あれを買おう。フィンランド語同様、独学にはなりそうだが、少しずつでも学んでみよう。

カタコト言葉は、どこか汽車に似ている。特急ではなく、各駅停車。単語と単語の連結もうまくいかずに激しく揺れる。よれよれ走りは心許ないけれど、今いる場所よりも、遠いところに連れていってくれる。たとえ、今日みたいに1キロだけ先だとしても。

乗る汽車を替えれば、車窓から見える景色も違う。行き先も、止まる駅も違う。どこまで遠くに行こうとも、白銀の言葉の平野がわたしたちの前に広がり続けている。

しかも、言葉の汽車の一番いいところは、定刻がないことだ。乗り遅れないように焦る必要もないし、いつでもわたしたちを駅舎で待っていてくれる。文化への敬意を持ちながら、好奇心という薪《まき》を胸にくべ続けられれば、いつまでも走り続ける。どこまでも、きっと。それぞれのカタコトを、ガタンゴトンと響かせながら。

星めぐりの歌　❄二月二十八日 ヌオルガム

ヌオルガムに到着し、わたしたちは宿に向かった。ウツヨキより狭い片側一車線の道の端を、トランクをゴロゴロさせて歩く。

無事に目的地に着き、今夜宿泊する建物に入った。ホテルではなく、コテージだ。避暑地として夏のバカンスなどでよく利用されているらしい。部屋にあるゲストブックには、ときおり英語がまざるものの、フィンランド語がびっしりと並び、国内客が多いのがわかる。窓の外は国境のテノ川に面し、その向こうにはノルウェーのトゥントゥリ。今、空にかかっている雲が晴れれば、きっと今夜こそオーロラだ。

管さんがイマさんにFacebookで連絡を取ると、すぐに返事が来て、車でこちらまで来てくれるという。ここから南に10キロほど離れた湖の周辺に住んでいるそうだ。

詩人のイマさんは、サーミランド生まれのサーミの人。サーミ語の中でも、北部リーミ語という言葉で詩を書き、世界中の詩のフェスティバルで朗読している。

YouTubeで検索すれば、真っ赤な伝統衣装に身を包み、雪の中で朗読するイマさんの姿を見ることができる。はじめて見たイマさんの第一印象は、〝ちょっと怖い〟だった。静かに謎めいた話し方だったから、というのもあるのだろうか。北部サーミ語はシュやチュの音が多用される。おのずと口を細く尖らせて発音するから、怪談話をする人のひそひそ声のように、ここだけの秘密の、恐ろしい話を聞かされているような気分になったのかもしれない。さらに、もっとも惹きつけられ、そして恐ろしく感じたのが、その瞳だった。イマさんは、にこやかに笑っているのだが、その瞳の奥に底知れぬ何かを感じ、目を背けたくなるような衝動に襲われた。一方で、強烈な磁力で固定されたかのように、わたしは液晶画面の前で身動きが取れず、彼女の瞳から目を離すことができなかった。

動画で朗読された詩を一部抜粋しよう。動画の情報欄にあるフィンランド語訳をさらに日本語に訳してみた。「春」と名付けられたその詩は、岩穴の描写から始まる。冬の静けさの中、春の兆しが少しずつ現れる。

つららたちが鳴っている
愛しいものをやさしく包む
草の匂いのゆりかごで

雪から雨へ。氷から水へ。季節の循環が、大きなうねりとなっていく。

生まれたての湿り気が
階段をのぼり、待ち望んだ
春への想いを吐き出す

上に向かった水は今
樺の木の膝元で
下の枝を味わっている

凍りついた湖で
立ち止まった春風が
漂う氷をへし折っていく

水が勢いを増す
樺の木たちの根っこを
その力で引き裂いていく

激しい流れが生まれる
暴れ回る渦を吸う
北極海へと注ぎこむ

暗い闇の支配者は
その王位を明け渡す
太陽の百日に

ここにある「湖」とはおそらく、イマさんの家のそばにあるプルマンキ湖のことかと思われる。

表面積は日本の諏訪湖ほど。周囲長が20キロメートルを超えるこの湖は最近国内でも注目されていて、夏にはキャンプ客が大勢やってくるそうだ。注目されている理由の一つとして、他の湖とは違う独自の植生があるという。というのも、はるか昔、この湖はもともと北極海の一部だったのだそう。そのため、生えている植物や泳いでいる魚にも北極海の名残を留める特徴があるらしい。

現在ヌオルガムの先にはノルウェーがあり、北極海には面していないものの、かつては、まさにここが地の果てだったのだ。

観光客の増加でプルマンキ湖は様変わりした。バスが乗り付け、多くの人が押し寄せるようになった。にぎわいに比例し、ゴミのポイ捨てなど新たな課題も持ち上がりつつある。いずれにしても、世間の関心は高まる一方のようで、キャンプ場なども充実し、そのコテージにわたしたちは宿泊する、というわけだった。とはいえ、湖も凍るこの季節ともなると来る人は少ないようで、見回すかぎり人の気配はない。

コテージの玄関でトランクの車輪に付いた雪を払い落としながら、イマさんの詩を思い出す。一面の雪が溶ける春を想像した。湖の氷が音を立てて割れ、水面と陸地の境目に、かつての北極海のフィヨルドが顔を出す様子を思い描いた。何千年、何万年、どれほど長い間、繰り返されてきたのだろう。大自然のサイクルに想像が追いつかず、吸い込まれそうになる。頭がクラクラしてきたところに、外で車を停める音がした。

イマさん

玄関を出ると、外は暮れかけていた。青白くなった雪景色をヘッドライトで眩しく照らしながら、銀色のＳＵＶが停まっている。ドアが開き、派手な黄色のダウンコートを着た赤いニット帽の女性が降りた。イマさんだった。管さんとイマさんは再会を喜び、わたしは出会いに感謝する。挨拶もそこそこに、イマさんの車で最寄りのスーパーマーケットまで向かう。食べ物の買い出しである。

動画で観たイメージしかなかったので、わたしはとても緊張していた。だが、当たり前といえば当たり前だが、朗読のステージで見せるような〝本番モード〟ではないから、動画のような張り詰めた雰囲気はない。イマさんはステージ衣装とは違う普段着だったし、想像よりもずっと気さくですぐに仲良くなれた。誰も知り合いのいない北の果てで、やっと出会えた知人。とはいえ、出発前にFacebookで挨拶をしただけの仲だけど、お互いの存在を知っている、という事実だけでも、旅人を心強くさせるには十分だ。その瞳は、怖いどころか、寒さも忘れるほどあたたかく感じた。

スーパーマーケットを三人でぶらぶらしながら、魚介コーナーで、目の前の川で獲れたサーモンをごっそり買う。イクラやパンやチーズも買って、わたしたちはコテージに戻った。

部屋に入り、コテージに常備されているティーバッグを出して、三人でお茶をした。忘れないうちにお土産を出す。管さんからは羊羹、わたしからは小さながま口の財布、あとCDも。

イマさんからも家の近くで採れたというクラウドベリーをもらう。適当なプラスチックケースに入るだけ詰め込んでくれた感じが、より一層、おいしそうに見えた。凍らせてあったようで、すぐには食べられないけれど、楽しみが一つ増える。

ティーバッグに何度もお湯を継ぎ足しながら、時間を忘れて会話を楽しんだが、明日に備えてイマさんは帰っていった。明日は彼女の自宅の周りを案内してもらうことになっているのだ。

熊を飲む

二人きりになったわたしと管さんは夕食の支度をした。さきほど買い込んだサケとイクラとビールを冷蔵庫から出す。ビールは「KARHU《カルフ》（熊）」というメーカーで、缶にデカデカと熊の顔がプリントされている。イマさんがスーパーで、「ビールだったらこれが有名だよ」と教えてくれたのが、この熊ビールだった。大きな川の目の前で、こぼれそうなほどに脂ののったサケと、弾けそうなほどにプチプチのイクラを食べ、唸るように、うぐうぐと熊ビールを流し込む。自分たちも熊たちの宴の末席に参加したような気になってくる。次第に、サケを二枚重ねて食べてみたり、ナイフで切ればいいパンをあえて手で引きちぎったり、ワイルドさを増しながら夜は更けていくのだった。

それから各自の細々としたことを済ませると、わたしたちは仮眠の準備に入った。今夜は長くなる。なんとしても、オーロラを見なければならない。昨日の夜は嵐だったし、それまではすべて曇り空。おそらくチャンスはあと一日二日しかない。天気予報を見ると、ヌオルガムはあと数時間後の深夜帯にしばらく雲がなくなり、晴れ間が覗くらしい。外にあるウッドデッキに出て空を見上げれば、オーロラが見られる可能性はぐっと上がるだろう。

星めぐりの歌

結果から言うと、その日もオーロラを見ることができなかった。しかし、空は晴れ渡っていた。

深夜に目を覚まし、わたしたちは外にあるウッドデッキに出た。頭のほぼ真上に、北斗七星があった。星は、きれい、というよりも、大きかった。見慣れた七つ星が、タッチパネルで操作を間違え、グイッと画像を拡大してしまったかのように、空一面にべたんと広がっている。

見上げた空に散らばる光の中から、あの星とあの星が北斗七星で……、というふうに、星々の間を線で結んでいくことは、どこか音楽とも通じるものがある。「ドレミノファソラシ」は、北斗七星のように七つの音がある。♯を入れたら、もう少し多くなるけれど、それらの音を結び合わせ、口ずさみ、わたしたちは「歌」という音の星をめぐる旅に出る。五線譜の線路を走る、メロディーの列車に乗って。

そういえば、宮沢賢治の「星めぐりの歌」に、北斗七星の名前も出てきたっけ、と思いをめぐらせ、わたしはハッと息を呑んだ。おおぐま座だ。北斗七星は、おおぐま座の一部でもあるのだ。

つまり、わたしたちが北斗七星を見上げるとき、同時に大きな熊の姿も視界に入っていたのだ。

大ぐまのあしをきたに
五つのばしたところ
小熊のひたひのうへは
そらのめぐりのめあて

星の大きさに、旅の終着点にやってきた、という実感がじわじわと湧いてくる。

頭を真上に傾けすぎて、首が痛くなってくる。鼻から、すうっと冷たい夜気が入り込み、わたしの体を駆け抜けていく。

昨夜のウツヨキと打って変わって、風はおだやかだった。それでも、しんしんと体が冷えてきたので、一度部屋に戻り、日本から持ってきたフリーズドライのミネストローネにお湯を注ぐ。部屋では、備えつけられた暖炉に管さんが新しい薪を投げ込むところだった。乾いた白樺がパキパキと炎の中で音を立てる。炎はときに強まり、あるいは弱まり、暖炉の筒を介して外の空気とダンスを踊っているようだった。マグカップを両手で抱え、わたしは二重ガラスの扉を開けて、ウッドデッキに戻った。

スウースウーと風が波打つように吹いていた。おだやかなそのリズムは、どこか呼吸のようでもある。冬眠中の大きな熊が、いびきをかいているかのような。

なめとこ山の熊

スマホタッチパネル対応の、薄手の防寒手袋越しに、マグカップの熱を感じる。旅もまだ半ばだが、フリーズドライのスープには何度も救われた。どこにいてもお湯を注ぐだけで瞬時に目の前にスープが現れる。便利な時代になったものだと思う。フリーズドライのような技術があれば、ほとんどのことは〝どうにかできる〟とさえ思えてくる。SF映画では、よく、何十年、何百年かかる宇宙船の長い航行中に人工冬眠をする船員たちが描かれるけれど、あれも人間版のフリーズドライみたいなものだろうか。

そんなふうに、〝どうにかできる〟は、未来に向かって際限なく膨らみ続けるように見えるけれど、もちろん限度はあるだろう。あたたかい飲み物が寒い外気に触れて冷めていくように。凍った川が春の陽気に溶け出すように。技術を使って、たとえ数年、数十年、あるいは百年、二百年、長引かせることができたとしても、どこかの未来で限度を迎える。これはもう、どうにもならない。

〝どうにもならない〟ことの前では誰もが無力だ。だから恐れ、怖がり、不安になる。人間にとって、その筆頭は「死」なのかもしれない。

いくら引き延ばそうと、いつかはわたしの体も腐敗して土に還っていく。この体が「物」である限り、自然法則には逆らえない。

「なめとこ山の熊」は、熊と猟師・小十郎とのやりとりを通して、そんな〝どうにもならない〟ことを教えてくれる。

生活するために熊の命を奪わなければならない。そのことに、小十郎は苦しみ続ける。ある日、山に入った小十郎の前に、大きな熊が現れ、襲いかかる。小十郎は鉄砲を構えたが仕留められず、熊からの一撃で命を落とす。

小十郎が熊に殺された後のこと。なめとこ山に、目を疑うような光景が現れる。

その栗の木と白い雪の峯々にかこまれた山の上の平らに黒い大きなものがたくさん環《わ》になって集って各々黒い影を置き回々教徒《フイフイ》の祈るときのやうにじっと雪にひれふしたまゝいつまでもいつまでも動かなかった。そしてその雪と月のあかりで見るといちばん高いとこに小十郎の死骸《しがい》が半分座ったやうになって置かれてゐた。

「黒い大きなもの」は熊たちだろうか。小十郎の死骸の周りに集まり、その死を悼むかのように、儀式のようなものをする。

小十郎と熊はどちらが勝ってもおかしくなかった。そこには、最後まで、対等な関係があり、恨み合うことのない、命と命の対話があった。その対話の先に、小十郎は「死」を受け入れ、熊は「生」を受け入れたのだろう。

なめとこ山だけでなく、きっとかつては、この星のそこかしこで同じような光景が見られたはずだ。どれだけ時間を遡れば、そんな時代に出会えるかはわからないけれど……

もう一度、真上を見上げる。北斗七星は、さっきよりも少しだけ反時計回りに移動していた。

大ぐまのあしをきたに……


そう歌いかけて、口を閉じた。人間も熊もワタリガラスも等しく見上げるサーミランドの空には、五線譜の上に乗らない光が満ちている。そこからメロディーを都合よく奪い取ろうとせずに、ただ驚き、畏れ、戸惑いながら見つめることが、今は必要な気がした。

ウッドデッキの端に置かれたランタンの金具が風に吹かれ、せわしなくカタカタと鳴る。そのカタカタが風とともに鳴り止むと、夜の静寂が一層際立った。静寂の中に、遥か昔の残響が聞こえてくる。この土地で繰り返された、気が遠くなるほどの循環の中で、命を繋げてきたすべての生き物たちの鼓動とともに。

少し強めの風が吹き、耳の後ろをかすめていった。ぶるっと体がふるえた。急いでマグカップに口をつける。すっかり冷え切ったミネストローネは、トマトジュースのように冷たくなっていた。

ヌオルガムの樺の木　❄二月二十九日　ヌオルガム

昼過ぎにイマさんが迎えに来てくれた。昨日と同じ、派手な黄色いダウンコートに、ニット帽。それに加えて、今日はサングラスをかけている。外は零下10度だが、イマさんが言うには、だいぶ暖かい方らしい。

イマさんの車に乗り、まずはフィンランドとノルウェーの国境に向かう。ぼんやりしていると見過ごしてしまいそうな、高さ1メートルほどの碑があり、フィンランド語と英語で、「こちら、フィンランドの最北端」、さらに、「EUの最北端」と刻まれている。

記念に写真を撮ってみたものの、思っていたより感慨はなかった。当たり前の話だが、目の前にノルウェーがあって、こちらと向こうをあっさり車が行き来している。最北端の先にも、まだまだ世界は続いているのである。そんなことはもちろん頭ではわかっていたつもりだが、心のどこかで、地上がここで途切れ、漆黒の海に出会えることを期待していたらしい。断崖絶壁から落ちないようにと力んでいた足の力が、すっと抜ける気がした。

とはいえ、ここが都市から離れた田舎であることには違いない。

「車が行き来……」と書いてはみたけれど、この三十分の間に、フィンランドからノルウェーに二台と、ノルウェーからフィンランドに一台来た程度だった。イマさんが独り言をいう。

「今日はやたらと車が多いね」

それから、イマさんが運転する車は難なく国境を越えてみせ、すぐ近くの建物の前で停まった。

「ここが最寄りの教会」

木造のこぢんまりした教会だった。一昨日のウツヨキでは、最も北にあるとされる石造りの立派な教会を見に行った。でも、そうか、あれはフィンランドで最北というだけで、サーミランド全体で見れば、国境もあまりたいした意味はない。

教会を出ると、このあたりを一望できるという場所まで向かった。そこは、イソンキヴェンヴァーラという名前で、「大きな岩の丘」を意味する。雪の積もる海抜200メートルほどの頂に向かって、車は緩やかな斜面を登っていく。凍ったプルマンキ湖を横目に、イマさんは言った。

「湖は、こっちがフィンランドで、あっちがノルウェーってなってるけど……そもそも全部サーミランドだからね」

雪に埋もれて、今はほとんど見えないが、湖畔の植物や湖を泳ぐ魚にとっては境界などさらに関係ない。ワタリガラスなんて、アラスカ、シベリア、北海道……行きたいところへ、行きたいように、パスポートいらずで飛び回っている。

しばらくすると視界が一気に悪くなり、窓の外が白いカーテンで覆われた。吹雪の中にいるのがわかる。イマさんは車を停めた。頂上に辿りついたようだった。

ドアを開けた瞬間、すさまじい勢いで風が吹きこんでくる。すぐに、パラパラパラパラッという、天ぷらを揚げるような音がした。風に飛ばされた無数の小さな雪が、コートに真正面からぶつかって音を立てているのだ。

顔にもパラパラと無数の雪が張り付いてくる。イマさんがサングラスをかけていたわけがわかった。とても目を開けていられない。

踏み出したスノーブーツが白い大地にずずっとめり込む。足の力を緩めれば、風に飛ばされ、どこまでも続く銀世界の一部になってしまいそうだ。

細く細く、なんとか目をこじ開ける。真っ白なカーテンの先に、何か黒い影がある。よれよれと揺れる体を支えながら、雪の中を少しだけ影に向かって進んだ。

数メートル先の雪に埋もれた地面から、一本の樺の木がかろうじて顔を出していた。樺の木は容赦なく吹き荒《すさ》ぶ風に貧弱な枝を揺らして耐えていた。

それを見た瞬間に、心の中から湧き上がってくるものがあった。頬に張り付いた細かい雪をぬぐおうとしたとき、はじめて自分が涙を流していることに気づいた。わたしは、泣いていた。涙が止まらなかった。ただでさえ視界の悪い景色が、さらにぼやけて遠くに見える。

思わず「美しい」という言葉が出た。「今まで見た中で一番美しい景色です」。その言葉に偽りはないつもりだった。

隣のイマさんが言った。

「ここの景色を見て、そんなことを言う人も多いけれど……」

吹雪がさらに激しくなる。サングラスについた雪のかけらを慣れた手つきで払うと、イマさんはもう一度口を開いた。

「私達にとっては、ここがホームだから」

ホーム……。わたしの中で風が一瞬止まり、その響きだけがこだまする。

遠くを見据えるイマさんの横顔を見ながら、心がザワザワと波立つのを感じた。

サーミの人々にとって、ここは「果て」でも辺境でもなく、生活の中心なのだ。樺の木が目の前で、しなやかに体を反らしている。それは、この土地で風や雪とともに連綿と命を紡いできた、ありのままの姿だった。

文明の中心地から離れるほどに、そこは「果て」と呼ばれる。わたしはそんな場所を、虐げられた人々の住む過酷な土地だと、最初から勝手に決めつけていた。そして、人々や動物や植物が逆境にめげずに生きているという物語をそこに求めていた。その眼差しこそ、「中心」という高みから見下す差別的な眼差しだったのではないか。

自分の内面にそんな眼差しがあるとは認めたくなかった。わたしは無意識のうちに、「美しい」、という言葉で、逃げ道を作っていたのかもしれない。

ホーム、ホーム、ただの、ホーム……

きっと今までも、わたしのように「世界の果て」を見にきて、「美しい」と満足げに言って帰っていった者たち、ここでの生活を「逆境に生きる善良な人々の営み」と捉え、消費して帰っていった者たちを、イマさんは何人も見てきたのだろう。

そこまで思いが至ったとき、イマさんと目を合わせることができず、俯くことしかできなかった。最初に動画を見たとき直視できなかったイマさんの瞳を思い出した。イマさんに、樺の木に、サーミランドに、何もかも見透かされている気がした。

湖畔の青いキッチン

「大きな岩の丘」を後にし、わたしたちは湖畔にあるイマさんの家を訪れた。ご高齢のイマさんのお母さんが迎えてくれる。これから、お母さん特製のトナカイ料理を食べさせてもらうことになっているのだ。

迎えてくれる、とは書いたものの、玄関の奥から顔を出したイマさんのお母さんは、口数が少なく、いぶかしげにこちらを見ていた。

怪しい者ではないことを示すために、満面の笑みを作り、フィンランド語で、

「ハウスカトゥトゥストゥア（はじめまして）」

と挨拶したが、彼女は無反応だった。

気まずい沈黙が一瞬流れたが、イマさんが、別の言語に通訳するかのように、まったく同じフィンランド語をお母さんに耳打ちした。

「ハウスカトゥトゥストゥアだって」

お母さんはその言葉に反応したように、一度小さくうなずいたが、やはり何も言わず、引き続き、こちらを見つめた。

さらに気まずい沈黙が流れはじめたが、イマさんは「さあさあ、どうぞ中に入って」と、

ダイニングキッチンまで案内してくれた。

来て早々、何か、イマさんのお母さんに失礼なことをしてしまったのか、と気になったが、彼女はとりたてて機嫌が悪いわけではなさそうだった。ときおり、イマさんと北部サーミ語で、何か料理に関することをやりとりしているようだったが、二人の旅人には話しかけてこなかった。

白い壁紙に、深い空色の食器棚が映える。ターコイズブルーの椅子に腰掛け、同色のテーブルクロスの上に置かれたブルーベリージュースを飲みながら、わたしたちは外を眺めた。目の前にはプルマンキ湖が、白く凍ったまま広がっている。この窓から、鳥もウサギもトナカイも、ときにはヘラジカまで見られるらしい。

「夜になると、そこにキツネが遊びにくるんだよ」

イマさんは特に親しい友達のように言った。窓のすぐ外の〝そこ〟にいくら目を凝らしても、雪に埋もれた他の場所との違いはわからない。けれど彼女には、大切な訪問者の足跡がはっきりと見えているようだった。

トナカイジャーキーを食べながら、他にもたくさんのことを話した。
キッチンでは、空色のヘアキャップをかぶったイマさんのお母さんが、トナカイ肉から滴る液に手を赤く染めながら、黙々と料理を作っていた。懲りずに何か話しかけたくなったが、邪魔をするわけにもいかない。それでも、やはりコミュニケーションをとるのが礼儀である気がしたので、目が合うたびに、顔中の表情筋を使ったにこやかさと、できるかぎりの大きな身振りで、この貴重な滞在を楽しんでいることを伝えた。

できあがった料理はトナカイづくしだった。大きなプレートの上に鍋で煮たトナカイの様々な部位が並べられている。
トナカイタンがあった。トナカイ料理の全体に言えることだが、獣臭さのようなものはなく、食べやすい。とはいえ、目の前のタンは、牛タンのように薄くスライスされているわけではなく、小さなバナナほどある丸々一本分の舌で、量も見た目も生々しい迫力があった。塩を振り、リンゴンベリー（コケモモ）のソースをかけ、味のバリエーションを付けながら食べ終わる。足りないと思ったのか、もう一本追加してくれた。二本目を食べている途中に、イマさんが
「トナカイのタンの先を食べると、嘘つきになるって言われてるの。もう遅いけどね、ふふっ」

といたずらっぽく笑った。

その言葉に他意はなかったと思うが、先ほどの「大きな岩の丘」であらわになった、自分の内にある欺瞞に満ちた眼差しが頭をよぎり、ジョークとして笑うつもりが、一瞬、真顔になってしまう。それでも気まずさはすぐに目の前の景色に吸い込まれて、激しい心の起伏もなだらかに変わっていった。

話したいことは、どちらからともなく湯水のように出てきたけれど、三人でしばしば無言になった。けれど、それは息の詰まるような時間ではなかった。

言葉が止まると、わたしたちは、ただ静かに窓の外を見る。そこに何か珍しい動物が登場したり、といったイベントは起こらない。静かに揺れる木々、湖、トゥントゥリをただ見ている。まるで、この無言の時間を味わうために、会話をしているかのように。

この沈黙と同じような経験をしたことがあった。パフォーマンス中の「間《ま》」というやつだ。人前で歌を歌うとき、また朗読をするときに感じる、あの神々しい時間。音が途切れ、静寂が訪れ、〝何かがそこにある〟と演者も客席も、そこにいる皆で感じる瞬間。

その静寂は、五線譜にあらわせるような、いわゆる「楽音」がなくなった、という意味では無音状態。けれど、文字通りの〝音が無い〟という状態を、わたしたちが日々の生活で経験するのは不可能に近い。

静寂の中にこそ、音との出会いは詰まっている。風に吹かれてふるえる窓や、椅子のギシギシきしむ音、服の衣《きぬ》ずれ、ときには自分の心臓がドクドクと鳴らす鼓動まで聞こえてくる。どれもが、普段から耳には入っていながら通り過ぎてきた音たち。まだ意味を持たない宙ぶらりの音たち。静寂は、そんな音たちに出会い直すきっかけをくれる。ああ、こんな音をしていたのか、という新鮮な驚きが、その音との関係を結びなおしてくれる。

今、湖畔の青いキッチンで流れている時間も、そんな静寂だった。トナカイもヘフジカも、最後まで窓の外には現れなかった。それが残念なこととは、もう思わなかった。

白い景色に赤みが差しはじめる。帰る時間になっていた。

帰り際、リュックを忘れたわたしは、管さんとイマさんを玄関に待たせて、一人だけキッチンに戻った。わたしたちの食事中は席を外していたイマさんのお母さんが、一人でトナカイ料理を食べていた。

「キートス（ありがとう）」

心を込めて伝えた。

すぐに、カチンッと何かの金属が木に当たる音がした。彼女がナイフとフォークをテーブルに置いた音だった。気まずい沈黙が流れる。緊張感が高まる。彼女の口が、スローモーションのように、ゆっくりと開き、こう言った。

「ヒュバ・マトカ」

しわがれた、その声は、漂うように空気の中で揺れていた。

ヒュバは、よい、の意味。マトカは、旅の意味。

よい旅を。

彼女はクリクリとした大きな目をさらに大きくし、わたしをじっと見た。少しだけ笑ったようにも見えた。

時計の音　❄三月一日深夜 ヌオルガム

イマさんに車で送ってもらい、夕闇の中、コテージの前に辿り着く。サーミランドで、日本で、はたまたどこかで再会することを約束し、別れを告げる。

コテージでの時間は穏やかに過ぎていった。夜になると雪が降ってきた。今日もオーロラは無理そうだが、どうしても見たい、という気持ちはいつのまにか消えていた。

トナカイ料理のおかげで、お腹はいっぱいだった。冷蔵庫には、前日にイマさんからもらったクラウドベリーが解凍状態になっていた。あたたかい紅茶にクラウドベリーを入れて、かきまぜながら飲んだ。それから部屋の中でしばし、自由行動。菅さんはノートパソコンを開き、インターネットラジオのハワイアンミュージック放送を流している。不思議な感覚だ。真冬の北極圏、暖房の効いた部屋でハワイアンを聴いていると、自分がどこにいるのかわからなくなってくる。

そのうち、どこかで聴いたことのある曲が流れた。しかし、知っているそれとも少し違う。サビまできて、ようやくわかった。二十年以上前に流行ったSixpence None the Richerというバンドの「Kiss Me」という曲のハワイアンカバーなのだ。

原曲は、微風のように軽やかなアコースティックギターのストロークから始まるポップチューン。ちょうど上京した一九九九年に流行っていた。思えば、この曲に影響を受けて、大学の友達とスタジオに入り、似たような曲も作った。四畳半の学生ハイツでギターを爪弾き歌ったメロディー、キャンパスノートに書いた歌詞、初めて入った高田馬場の音楽スタジオ、その日はとても寒い冬の日で早く解散して帰ったことなどを一気に思い出す。東京出身のベースとドラムが「降るらしいよ、今夜あたり」「結構積もるんじゃね」としゃべっていた。

わたしの地元では、雪＝一大イベント。一年に一回、パラパラしたものが降るか降らないかというほどなので、積雪といったら、もうよほどのことだった。だから、「今夜あたり積もるかもよ」なんて会話を、さらっと交わせるような感性は持ち合わせていなかった。そうか、わたしは遠くに来たのだ……、とそのとき、しみじみと感じたのだった。

窓の外を見る。ヌオルガムの雪は、さらに勢いを増して、ウッドデッキに降り積もっていく。雪。たくさんの雪。そう、わたしは遠くに来たのだ。

「耕耘部《こううんぶ》の時計」という宮沢賢治の短篇がある。冬の農場の耕耘部にある「美しい柱時計」の物語だ。この時計は挙動が怪しく、気づくと十五分も進んでいる。針を直しても、目を離したすきにまた進んでしまう。

その日は、いつになく寒い日だった。夕方、その時計に不思議な出来事が起こる。

「今夜積るぞ。」

「一尺は積るな。」

「帝釈《たいしゃく》の湯で、熊又捕れたってな。」

「さうか。今年は二疋《ひき》目だな。」

その時です。あの蒼白い美しい柱時計がガンガンガンガンガン六時を打ちました。

見ると、その針は五時四十五分を指している。今度は十五分遅れたのだ。しかも、柱時計の時報は正しく六時を告げている。ややこしい。しばらくすると、さらにおかしなことが起こる。

さあ、その時です。いままで五時五十分を指してゐた長い針が俄《には》かに電《いなづま》のやうに飛んで、一ぺんに六時十五分の所まで来てぴたっととまりました。

「何だ、この時計、針のねぢが緩んでるんだ。」

謎の正体は、針のねじの緩みによるものだった。そこに、超常現象のようなものは登場しない。

それでも、この物語には、どこか不思議な緊張感が漂う。熊の話が出た瞬間に、針が飛ぶ、というのも、なんだかビクッとなる。きっと賢治は、こんなふうにびくびくとしながら、寒い夜に耳を澄ませていたのではないか、と想像する。

実際、気温や湿度によって、音は聞こえ方が変わる。音は空気の振動だから、その空気が湿っていたり、乾燥していたり、冷たくなったりすることで、音が進むスピードも当然変わっていく。

毎日の生活でも、夜になると、時計の針の音がやけに大きく目立って聞こえてくる。ぐっと冷え込んだ夜や雪が降り積もるような夜には、遠くで走る列車の音なども、いつもよりはっきりと聞こえてくることがある。

音とわたしたちの距離が変わる、音がわたしたちに辿り着く時間が変わる。それは、聞き手であるわたしたち基準で言えば、時空が伸びたり縮んだりしているといえるのかもしれない。

今夜の雪も、ヌオルガムの時空を歪《ゆが》ませながら、こんこんと降っている。クラウドベリー入りの紅茶ですっかり体があたたまったのか、眠たくなってきた。それは管さんも同じようで、どちらからともなく眠る準備を始める。明日は朝早く起きて、イナリ行きのマイクロバスに乗らねばならない。今日は早く寝よう。

深夜、ふと目が覚めた。

暖炉の中で、パチパチと鳴る樺の木の音だけが部屋に響いている。外を見ると、ウッドデッキにはすでに10センチ近く雪が積もっていたが、勢いは弱まったようだ。

コートを羽織り、ウッドデッキに出てみる。風が意外と強い。端に置かれたランタンの金具がカチャカチャと鳴り続け、うるさかったので、ウッドデッキの左手にある階段を降りてみることにした。そこは、昨日来たときから雪に埋もれていて、庭なのか、なんなのかわからなかったが、コテージの利用者は自由に立ち入れるようだった。

昨夜は星にばかり目を奪われていて、まったく気づかなかったけれど、そこには、背の高い樺の木が等間隔に十本ほど、まっすぐ生えていた。

こんな時間に目を覚ました理由はなんとなくわかっていた。今日、訪れた「大きな岩の丘」で見た樺の木のショックから抜け切れてなかったのだ。

とはいえ、頭の中を整理するには、もう少し時間が必要だった。

〈ここは果てじゃない。どこにも果てはない〉

考えるより先に、足が動く。謎の庭を、雪をかきわけ歩いていく。ザクザクと雪を踏む自分の音だけが聞こえる。ここなら何かあっても遭難することはないだろう。そんな安心感がわたしの足取りを軽くする。

明日、イナリ行きのマイクロバスに乗ってしまえば、帰り道が始まってしまう。もう少しだけ、寒さの中に身を浸していたかった。

立ち止まると、聞こえてくるのは風の音だけになった。

耳が痛くなるのはわかっていたが、耳当て付きの帽子を外した。

冷気が、あっという間に耳を冷やすのがわかった。耳当ての下でくぐもっていた音が、一気にクリアになった。

……チ……チ

軽い音。とても小さな軽い音がある。音が次第にまとまって聞こえてくる。

カチ、カチ

聞いたことのある音だった。この音は知っている。

時計の針が動く音だ。どこかで時計が鳴っているのだ。

……ん？　それはおかしい。こんなところで時計の音が聞こえるはずはない。けれど、耳をどう澄ましても、深夜の寝室で聞こえるあの音だった。カチカチと規則正しいあの針の音
……

いや、規則正しい、というには、揺らぎがありすぎる。

風に合わせるように、鳴ったり、止んだりしている。

ということは、この音は、この雪原にある、何かの音だ。

わたしは全身を耳にして、カチカチの音を探した。とても小さい音は、雪を踏むたびに掻き消えてしまう。ゆっくりゆっくり見回す。それはあった。わたしは見上げた。


樺の木だった。

樺の木の、葉っぱの落ちた細い枝たちが、風を受けて音を鳴らしていたのだ。きっと、ずっと鳴らしていた。この場所で。

寒さで、はあはあと息が荒くなり、カチカチという音はまた遠くなった。これ以上、ここにいるのは限界だった。静かに耳を澄ませようとしても、少しでも手や足を動かしていないと、体の温度を保てない。わたしは、今、音を立てなければ、生きていけない。

雪がまた強く降りはじめていた。スノーブーツの下で、氷の結晶たちが音を立てる。背中で鳴り続ける樺の木の音を、わたしの生きる音でかき消しながら、コテージの中へと急いだ。

ロマンチックの終着駅 ❄三月一日ヌオルガム↓イナリ

目を覚ますと外はすっかり晴れていた。雪で覆われたウッドデッキはまぶしく光っている。昨日のぶ厚い雲はどこに行ったのか、今朝のヌオルガムには、綿菓子をちぎったような雲がポツポツと浮かぶだけ。

今日はバスでウツヨキを経由して、イナリまで戻ることになっている。コテージの管理人に車でバス停まで送ってもらった。きっと、この前の赤いキャップの運転手が、同じマイクロバスでここにやってくるはずだ。時間まであと十分はある。

バス停のそばに堆く積もった雪を、管さんがおもむろに踏んづけた。ずずずっと右足がめり込んで、しゃりしゃりとかき氷のような音が鳴った。すると今度は、反対側の足も同じように踏んづける。ずずず、しゃりしゃりしゃり……さらにもう一度、右足を持ち上げて、すぐ近くの踏まれていない雪の上を踏んづけて……

次第にリズミカルに、ざくっざくっと音が鳴り出した。

わたしも、管さんの真似をしてみる。二人は、しばらくの間、無言で足を動かし続けた。

車は一台も通らない。雪を踏む音だけが響き渡っている。体が少しずつ温まってきて、顔に汗もにじみはじめた。

ざくっざくっ。

七つ森のこつちのひとつが
水の中よりもつと明るく
そしてたいへん巨きいのに
わたくしはでこぼこ凍つたみちをふみ
このでこぼこの雪をふみ
向ふの縮れた亜鉛《あえん》の雲へ
陰気な郵便脚夫《きやくふ》のやうに
　（またアラツディン　洋燈《ラムプ》とり）
急がなければならないのか

「屈折率」の言葉が、来たときと違って響いてくる。

長距離バスとマイクロバスで凍った道を行き、でこぼこ雪をスノーブーツで踏みながら、とにかく北へ北へと進んできた。それがこうして最北の地で、わたしたち二人、どこにも進まず足踏みをしていることが、なんだか滑稽に思えてくる。まるでテレビゲームで起きたプログラムのバグか何かのよう。二人のプレーヤーが先に進もうとするものの、見えない壁にはばまれ、移動できずに足だけを動かしている。

けれど、ある意味において、ヌオルガムは、わたしにとっての見えない壁、これ以上先に進めない行き止まりなのかもしれない。ロマンチックな幻想の終着点という意味で。

昨日の「大きな岩の丘」でイマさんの言葉にハッとする前、わたしは吹雪を耐えしのぐ樺の木の姿に感動していた。本当に、目の前の光景を「美しい」と心から思った。美しいと思う前から涙腺が緩んでいた。体の奥底で感じるこの感動は、どんなものより説得力があった。

けれどその感動は、「中心地」から伸びた「一本道」があることが前提だった。文明から遠く離れた、この一本道の先に、人々が忘れ去った大切なものがある、というロマンチックな幻想。これもまた、近代という壮大な交響曲の変奏の一つに過ぎないのかもしれない。「中心」を誰よりも意識し、執着していたのは、このわたしだったのだ。

ざくっざくっ。来たときはやさしく包み込むように感じた雪の音が、次第に胸に突き刺さるナイフのように聞こえてくる。

ざくっ。

隣で雪を踏んでいた管さんが、突然足を止めて「だめだ」、と小さい声でつぶやいた。わたしに話しかける声量ではなく独り言のようだった。何が「だめ」なのかはさっぱりわからなかったが、何か管さんなりの「だめ」があったらしい。

思わずわたしも足を動かすのを止めた。管さんに「だめ」の内容を聞こうか迷っているうちに車の音が聞こえてきた。見なくても誰が来たかはわかる。定刻通り、イナリ行きのマイクロバスだ。

赤いキャップの運転手

バスのドアがやる気なく開く。赤いキャップの運転手はこちらを見ることもなく、進行方向を退屈そうに見つめている。一昨日、一瞬心が通じた気がしたが、そうでもなかった。もちろん、こちらの挨拶に反応はない。

これから、ノルウェー国境のテノ川沿いの一本道をひたすら南西に向かう。一時間ほどしてウツヨキに着いたら、そのまま国道四号線を真南にまっすぐ、昼過ぎにはイナリに到着する予定だ。明日乗るロヴァニエミ行きのバスは大型の長距離バスだから、このマイクロバスの運転手と会うのも今日で最後になる。

誰もいない後部座席にわたしたちが腰を下ろすと同時に、バスは走り出した。出発してしまった。帰り道が始まったのだ。ヌオルガムで終わりを告げたロマンチックな旅を、これからどう仕切り直そうか――。

きっと、まずは、目の前の運転手との関係を結び直すところから始めるべきなのだろう。打ち明ければ、これまで、このあまりにも無愛想な運転手にだいぶ苛立っていた。彼には彼の仕事のやり方があるだろうし、しっかりスケジュール通りにこなしている。責められるようなことは一つもない。

でも、この苛立ちはなんだろう。おそらく、彼はこちらの求めていたロマンチックな物語に収まらない存在なのだ。彼をそのままエッセイに書いても、〝逆境にめげずに努力している善良な人々〟が登場する、わたしのサーミランド紀行という物語からはみ出してしまうのだ。

わたしは、本心では運転手に不快感を覚えながら、物語に見合うように、彼の行動の中に〝文明への染まらなさ〟を探そうとしていたのかもしれない。ぶっきらぼうな様子を見て、サーミの土地の過酷な環境ゆえに心を閉ざしているのかもしれない、と勝手に理由づけしてみたり。表面では、ありのままの彼を受け止めるそぶりを見せながらも、わたしが求めていたのは、こちらの眼差しに合う「ありのまま」であった。

だめだ、だめだ……

先ほどの管さんのつぶやき声が心の中で再生され、わたしを責めてくる。

自らの眼差しのおぞましさにぎょっとしながら、どんどん気が重くなる。

と、突然、にぎやかな声が車内にこだました。若者が乗り込んできたのだ。ウツヨキの学校に通う生徒だった。バスは数分ごとに停車しながら一人一人拾っていく。皆、イマさんのようなカラフルなコートとニット帽に身を包んでいる。全部で男女四人の生徒が乗り込んだ。そのうち、友だちらしい女子三人が、一番後ろの席で北部サーミ語でおしゃべりをはじめた。

時刻は現在八時四十分。

上空は西向きの風なのか、先ほどの綿菓子の雲がバスと併走するようについてきていた。

吸いこまれるような青空が広がっているが、綿菓子の雲だけはまだ朝焼けの続きのように、オレンジ味といちご味の中間のような色をしている。

おおよそ百年前、賢治は当時の日本の最北端へ向かった。その帰り道、ガタンゴトンと揺られながら、南へ向かう樺太鉄道の上で何を思ったのだろう。

妹・トシのいない、つらい現実世界を離れ、トシの記憶を連れて旅をする、ロマンチックな死への道行き。その旅の終着点である樺太で、賢治のロマンチックは、昨日のわたしのように肩透かしを喰らったのではないか……そんなことを想像する。北の果てが、漆黒の闇でも、理想郷でも、そもそも果てでもなく、国境をまたいだその先に当たり前のようにトナカイがいて、ワタリガラスがいて、特別でない人々の普通の生活が続いていることを目《ま》の当たりにして。

「氷河鼠の毛皮」に導かれるように、わたしは〈北の果て〉に来た。

この作品が岩手毎日新聞に発表されたのは、トシの死からおよそ五か月後、そして樺太旅行の四か月近く前。賢治が終着駅の「ベーリング駅」に託した〈北の果て〉への憧れは、樺太への旅を経て、どうなったのだろう。

旅の翌年に書きはじめられた『銀河鉄道の夜』にはこんなシーンがある。

銀河鉄道に乗り込んだジョバンニは、気づくと切符を持っていた。心当たりはないが、上着のポケットにいつのまにか入っていたのだ。それを見た他の乗客が言う。

「おや、こいつは大したもんですぜ。こいつはもう、ほんたうの天上へさへ行ける切符だ。天上どこぢゃない、どこでも勝手にあるける通行券です。（後略）」

北に行く切符は、「ほんたうの天上」、すなわち〈ほんとうのさいわい〉へと向かう切符になった。〝果て〟のない「どこまでも行ける」銀河鉄道の乗車券として。

挨拶

バスはテノ川に沿って、一時間近く、ひたすら進んでいた。ノルウェー国境にあるサーミ橋の手前で左折し、少し走って停止した。学校の前だった。生徒の全員が降り、にぎやかだった車内が再び静かになる。

ガタンゴトン。

バスが動き出し、さっきまで生徒の声で気にならなかった音が、にわかに存在感を増す。積み重なった配達用の段ボールが揺れ、音を立てている。その音とともに、自分もこの段ボールと同じように、マイクロバスに揺られ運ばれていく荷物の一つに過ぎないような気がしてくる。

今、南へと移動中の段ボールも、わたしたちも、すべての命運は運転席にいる赤いキャップの彼が握っている。この道に、この土地に、この気候に一番詳しい彼のリズムに身を委ね、命を託すしか術《すべ》はない。運転手は、託され、黙々と走る。その事実を思うだけで、たとえ数時間の間だけでも、ここにいる全員が一つの運命共同体になったことを感じる。ジタバタしても仕方ない、そんな気持ちになってくる。

窓の外、空を見上げる。先ほど西へ併走していた雲はいなくなり、新たな雲がバスの揺れにあわせて小刻みにふるえていた。ぼんやりと見つめているうちに、気張った心と体から力がすっと抜けていくのがわかった。

イナリに入る。バス停代わりのスーパーマーケットの駐車場にバスが停まる。晴れているとはいえ、地面は凍りつき、外はしんしんと冷えていた。

彼が運転席から降りて、荷物を下ろすのを手伝ってくれる。

相変わらず、むっつりとしたままだ。わたしは、「キートスカイケスタ（いろいろとありがとう）」と言うつもりだった。キ、と言いかけたとき、運転手が、はじめて、わたしの目をまっすぐ見て言った。

「ヒュバ・マトカ」

よい旅を。

途端に、イマさんのお母さんの顔を思い出した。

わたしは言葉に詰まり、二人の間に沈黙が流れた。

その沈黙は、イマさんの家で感じたものと同じだった。


そう、きっとわたしたちの間には、はじめから言葉なんて必要なかったのだ。

小粋なトークも、愛想笑いも、社交辞令もいらなかった。この数時間、運命をともにしたという事実以外に、何も。


それでも、わたしたち人間には、言葉を発さないではいられないときがある。今かまさにそのときだった。別々の人生を歩んできた者同士が、同じ場所で、同じ時間を、ともに過ごしたことを確認するために。重なり合った二つの人生を、足跡として残すために。

交わしたい、言葉を交わしたい、という強い衝動が湧いた。お互いの生きてきた時間の糸を結び合わせるような言葉を、今、この瞬間に。

「キートス」

この旅のあいだ、毎日ためらいもなく使ってきた短い言葉を、わたしは数秒かけて絞り出した。声が情けなく上《うわ》ずった。

運転手の目の端が少しだけ上がった気がしたが、見間違いだったかもしれない。こみ上げかけたわたしの感動を打ち消すように、運転手は背を向けた。そのまま、トランクの蓋に手をかけ、何一つ迷いのない様子で、がしゃんと閉めた。そして、こちらを振り向くことなく運転席に戻ると、窓の外に広がる空の向こうを退屈そうに見つめはじめた。

イナリ湖の上で　❄三月二日 イナリ

ホテル・イナリで朝を迎え、七時過ぎに食堂に向かう。このホテルはサーミランド最大の湖・イナリ湖畔にあり、食堂の窓際席から湖を一望できる。今のシーズンは湖面が凍り、その上に雪が積もって、どこまでも続く銀世界だ。

イナリに来るのは二度目。ロヴァニエミから北上したわたしたちは五日前にこのホテルで一泊し、ウツヨキ、ヌオルガムを経て、この地に戻ってきたのだった。

イナリは、フィンランド最大の自治体である。ホテル・イナリがある周辺はその中心地で、サーミ博物館やサーミ議会、サーミの伝統工芸品を扱う大きなショップなどがあり、サンタクロースの村を前面に出す観光都市のロヴァニエミよりも、ぐっとサーミの伝統色が強くなる。

広大なイナリ湖の中には、昔からサーミの聖地とされてきた島などがあり、一見、雪に埋もれて殺風景に見えるなかにも、連綿と続くサーミの人々の営みがあるはずだった。

オーロラ目当ての人も多いのだろう、団体客でホテルは朝からにぎわっていたが、運よく窓際の席が取れた。

これまで泊まったフィンランドのホテルの朝食の印象は、どれも大差がない。ビュッフェ式で、パン、チーズ、ヨーグルトなどが並んでいる。これぞ、フィンランド、と感じられるものは、シナモンロールとパイ生地でできた伝統料理のカレリアンピーラッカあたりだろうか。なにより水が軟《やわ》らかくて飲みやすいので、コーヒーメーカーで適当に作ったようなコーヒーでも感動的においしいし、その一杯があれば幸せな気分で朝を迎えることができる。ホテル・ウツヨキもまさにそんな朝だったし、ここイナリもまたそうだった。

それと、日本と比べて特徴的なのは、ヨーグルトにかけるフルーツソース。とにかく、ベリーがたくさん入っている。スプーンいっぱいに、取りすぎかも……というぐらいにベリーを掬っても、元の容器には、まだたっぷり。

今朝のソースには、ブルーベリー、ラズベリー、ストロベリーの三種がまとめて入っていた。ストロベリーだけは凍っていて、口に入れた瞬間、シャリッと鳴る。ブルーベリーはぷちっと、ラズベリーはじゃくっという。嚙むたびに鳴る様子は、さながら口の中のオーケストラのよう。低音域、中音域、高音域、ベリーがそれぞれ手分けしながら、口内を響きで満たす。

時間をかけて、ゆっくり食べていたかった。明後日の昼には、わたしたちはロヴァニエミ空港。旅ももうすぐ終わる。

先にも書いたが、詩集『春と修羅』は、ベートーヴェンの交響曲第五番「運命」に影響を受けたと言われる。第一集の最後に収められた詩「冬と銀河ステーション」にはこんな言葉がある。

あゝ　Josef Pasternack の指揮する
この冬の銀河軽便鉄道は
幾重《いくへ》のあえかな氷をくぐり
（でんしんばしらの赤い碍子《がいし》と松の森）
にせものの金のメタルをぶらさげて
茶いろの瞳《ひとみ》をりんと張り
つめたく青らむ天椀《てんわん》の下
うららかな雪の台地を急ぐもの

イナリ湖のずっと向こうに、トゥントゥリが小さく見える。雪の台地を疾走する汽車の姿を想像し、映画のエンドロールを観ているような気分になってくる。そこで流れるオーケストラのように、わたしの口内のベリー楽団も盛り上がってくる。大きく噛んで、フォルティシモ、今度は、ゆっくり小さく、小刻みに、スタッカート……さながらタクトを振るJosef Pasternackのように口を器用に動かす。目を瞑り、最後の一口の余韻を味わう。ブラボー！

余韻を切り裂くように、ズズッという音が聞こえた。

目を開くと、テーブルの向かいの管さんが、おかわりのコーヒーを飲むところだった。まぶしそうに目を細め、窓の外を見つめている。

わたしもコーヒーに口をつけながら、スマホを取り出して今日の予定を確認した。昼過ぎのバスまで、まだ半日ある。サーミ博物館の再訪もしたい。

だがその前に、凍ったイナリ湖の上で管さんの朗読が聴きたかった。

氷上の朗読へのこだわりには理由があった。わたしたち二人は十二年前の、まさに今ぐらいの冬の時期、白銀の釧路《くしろ》湿原にいたのだった。そのとき、管さんはランボーの詩を読んだ。印象的だったのは、それが夏の詩だったことだ。

「真冬のここで、夏の詩を読んだら面白いじゃない」

管さんがいたずらっぽくそう言っていたのが、なぜか心に残っていた。凍ったイナリ湖を見た瞬間、あの景色と管さんの言葉が甦ったのだった。

わたしは湖の上で朗読を撮影することを提案した。何を朗読するかのリクエストはしなかったが、ひそかに賢治とランボーを期待していた。管さんはすぐにうなずいた。

「よし、今から準備して撮ろう」

時間は午前八時半。部屋に戻り、防寒着や録音機材を準備してホテルを出る。湖へと続く雪の道を進む。凍った湖面に積もった雪の上を、大型バス一台分ぐらいの観光客が数人ごとに連れ立って楽しそうに歩いている。無数の足跡とともに、スノーモービルの跡が雪についている。地元の人や体験ツアーの観光客が湖を突っ切って移動するのだ。


撮影場所を決めると、わたしはスマホ一台を雪の上にセットし、もう一台を構えて中腰の姿勢でしゃがんだ。縦長の液晶画面の真ん中に、管さんがおさまる。右の奥に森が見え、左にはどこまでも続く雪景色。真っ白の地面と灰色の空が、下と上から管さんを挟む。

「準備オッケーです」

わたしが右手を上げると、管さんは『新編　宮沢賢治詩集』（新潮文庫）をポケットから取り出した。

突風が吹いた。風が録音用のマイクに当たり、激しい音を立てる。そのままの姿勢で少しだけ辛抱して風が止むのを待ち、管さんは口を開いた。

「宮沢賢治を二つ読みます」

夜の湿気と風がさびしくいりまじり
松ややなぎの林はくろく
そらには暗い業《ごふ》の花びらがいっぱいで
わたくしは神々の名を録したことから
はげしく寒くふるへてゐる

（『春と修羅　第二集』より「三一四〔夜の湿気と風がさびしくいりまじり〕」）

湖の奥から、チウィチウィと鳥の鳴き声が聞こえた。スマホの画面右側に映る森のどこかで鳴いているようだった。距離は離れているが、空気が澄んでいるからか、声はここまではっきり届いている。わたしは朗読の言葉の意味に引っ張られてしまうけれど、そうでなければ、つまり、意味を剝ぎ取って、ただの音だと考えれば、管さんと鳥はそれぞれに声帯を響かせながら鳴き交わし、お互いの存在を確認し合っているようにも見えてくる。近づく春をよろこび合うように。

ふと、サーミ博物館で見た石の棒を思い出した。

それは、ガラスのケースに入って、何千年も前に使われた道具類を紹介するコーナーの一角に展示されていた。「氷を砕く道具。イナリ湖、コウタ島」という短い説明だけが書かれている。

魚を取るためか、かつて、イナリのサーミの人々は、湖の氷をこの石の棒で割っていたのだ。大きさ、形状ともに、フランスパンを重い金属か何かでぺしゃんと平たくつぶしたような感じ。先っぽ近くの少し凹んだ部分を取手にしたのだろうか、そこをガシッと握り、凍った湖に打ち付ける様子を想像する。それから、氷が割れる音を想像する。氷が割れる音は、今ときっとそう変わらないはずだ。周りの森では今日と同じように、鳥がチウィチウィと鳴いていて……

管さんが立つこの場所に、途方もなく長い、それぞれの時間が折り重なっていくような気がして、クラクラと目眩《めまい》のようなものを感じる。


管さんの視線が、次の詩へと移る。

野馬がかってにこさへたみちと
ほんとのみちとわかるかね?

なるほどおほばこセンホイン
その実物もたしかかね？

管さんの声がノッてくる。血流がよくなり、口内がよい感じで湿ってきているのだ。管さんの鼻腔から生まれた倍音が氷のステージを響かせている。

おんなじ型の黄いろな丘を
ずんずん数へて来れるかね？
その地図にある防火線とさ
あとからできた防火線とがどうしてわかる？
泥炭《でいたん》層の伏流《ふくりゅう》が
どういふものか承知かね？

十二年前、凍った釧路湿原をザクザクと歩いたときの記憶が重なった。他にも管さんと歩いた、いろんな場所を思い出した。岩手の種山《たねやま》ヶ《が》原《はら》の山道も、奇跡の一本松や新地町の波打ち際に向かう道たちも、次々と、薄くかがやく雲母のように、一枚一枚重なっていった。

それで結局迷ってしまふ
そのとき磁石の方角だけで
まっ赤に枯れた柏のなかや
うつぎやばらの大きな藪を
どんどん走って来れるかね？

そしてたうとう日が暮れて
みぞれが降るかもしれないが
どうだそれでもでかけるか？

はあ　さうか

（『春と修羅　第二集』より「三二九〔野馬がかってにこさへたみちと〕」）

賢治の詩が終わると、管さんは「はあ　そうか」という表情で、パタンと本を閉じた。

少しの沈黙の後、管さんは射るような鋭い眼差しで、こちらを見た。

わたしにはわかった。

ランボーの詩を読むのだ。あの日と同じように。あの日と同じ詩を。

ぜんまいを巻き直した蓄音機から止まっていた音が湧き出すように、十二年前の湿原に流れた時間が、再び二人の間に流れ込みはじめた。

何かに気圧されるように、わたしは足のバランスを失った。しびれはじめた中腰の姿勢が崩れ、後ろにひっくり返りながら、湖面に積もった雪の上に、ぺたんと尻餅をついた。

釧路とイナリを繋いだ奇跡のような緊張感は、もちろんここで中断した。わたしの尻餅は、いわゆる、雰囲気ぶち壊しというやつであった。

しかし、わたしにとっては雰囲気どころではなかった。

尻餅をついた雪のかたまりは、弾力のある、ふかふかのクッションのような見た日とは違い、かき氷のように柔らかかった。

じゃりじゃりと音を立てながら、わたしのお尻は雪のかたまりの底へと引きずりこまれる。踏ん張ることができず、なすすべもない。恐怖がこみ上げる。このまま湖面の氷が割れてしまったら……そして、どこまでも暗い穴の中を落ちていってしまったら……

叫び声にならない叫びを、心があげていた。氷が割れる！

何千年も昔からこれまで、どれほど多くの人間が凍ったイナリ湖の上で尻餅をつき、冷たい水へと落ちていったのだろう。ここで転んだ無数のおっちょこちょいたちが、スローモーションで一つの影に折り重なり、割れた穴に吸い込まれていく。すべての音が消え、時間が止まったブラックホールのような穴の中に。

時間にすれば、それは数秒にも満たない出来事だった。

氷が割れることはなく、わたしの腰は20センチほど雪のかたまりにすっぽりとハマっていた。

要するに、ただの尻餅。けれどその瞬間のわたしにとっては、バンジージャンプ以上の恐怖体験だった。底がなくなっていく感覚、自分が拠って立つ場所の消失、自分であることの根拠がなくなるような体験。一瞬の出来事なのに、それは永遠に続くように感じられた。

悪夢から目覚めたときと同じように、まずは自分の体があるのを確認した。それから、こうして抜け落ちることのない場所に体をつけていることに、心からの安心を覚えた。

ジョバンニは眼をひらきました。もとの丘の草の中につかれてねむってゐたのでした。

『銀河鉄道の夜』でジョバンニは丘の草の上で目を覚まし、銀河鉄道の旅から現実世界へと引き戻される。「インドラの網《あみ》」という物語の最後の一節でも、主人公の青木晃《あおきあきら》は世界が美しい網で繋がり、響き合う壮大なビジョンに出会った後で、ジョバンニと似たような姿で目を覚ます。

却《かへ》って私は草穂《くさぼ》と風の中に白く倒れてゐる私のかたちをぼんやり思ひ出しました。

ジョバンニや青木の体験したものとスケールはだいぶ違う気がするが、わたしも何やら永遠に近い時間を経験し、自分の体に戻ってきたようであった。冷たい空気を吸い込む。指のふるえを感じながら、自分がちゃんとこの世にいることを確かめる。

ようやく我に返り、ウツヨキの一本道のときと同じように、心配そうにこちらを見つめる管さんに向かって手を上げ、大丈夫だと無言で伝えた。

三枚重ねの防寒パンツのおかげで、雪に埋もれた下半身はまったく寒くなかった。もう、このままでいい。雪にすっぽりハマった体勢のまま、スマホを構える。体が固定されているおかげで映像もブレずに安定している。カメラはさっきよりも下の角度から管さんを見上げる感じになり、風に立つ白髪のライオンの自由と孤独が滲み出るかのような、さらによい構図になった。赤い録画ボタンを押し、ビデオを回す。それから今度は、録画が始まったという意味で手を上げた。

夏の青い夕方、ぼくは小径をゆく
麦の穂に刺されながら　細い草を踏みしめて。
（アルチュール・ランボー「感覚」より　管啓次郎訳）

管さんの口から、フランス語がポロポロと泉のようにこぼれる。わたしにその言葉の意味はわからなくても、夏の詩、夏の言葉だということは知っている。
管さんは両手を後ろに組んで、暗唱していた。言葉たちは空気をふるわす音の粒となり、本で遮られることのないまま湖に降り注ぐ。ランボーの言葉に閉じ込められた夏の振動が、管さんの身体を通して、一粒一粒、この世界に現れる。
本当は存在しないはずの「夏」が、今ここに……。いや、〝存在しない〟と決めつけてはいけないのかもしれない。ただ、わたしの目に映っていないだけ、ただ人間の視覚で認識できるのとは違う「あり方」をしているだけなのだとしたら。

「インドラの網」の青木晃は、「風の太鼓」という言葉に導かれ、聞こえないはずのものが聞こえはじめる。耳が開かれる。

ほんたうに空のところどころマイナスの太陽ともいふやうに暗く藍《あゐ》や黄金《きん》や緑や灰いろに光り空から陥《お》ちこんだやうになり誰も敲《たた》かないのにちからいっぱい鳴ってゐる、百千のその天の太鼓は鳴ってゐながらそれで少しも鳴ってゐなかったのです。

蒼《あお》い孔雀も現れる。

まことに空のインドラの網のむかふ、数しらず鳴りわたる天鼓のかなたに空一ぱいの不思議な大きな蒼い孔雀が宝石製の尾ばねをひろげかすかにクウクウ鳴きました。その孔雀はたしかに空には居りました。けれども少しも見えなかったのです。たしかに鳴いて居りました。けれども少しも聞えなかったのです。

スマホの中で赤く点滅するボタンが、撮影が無事にできていることを伝えている。液晶越しに真っ白な世界を見つめる。ふるえる指、しびれる頬、凍える耳、あらゆる感覚器官が冬を感じている。

レンズに夏は映らない。見えないけれど、夏はそこにいる。聞こえないけれど、夏が鳴いている。蒼い孔雀のように、別の「あり方」で、夏がそこに存在している。

夢でも見てるんだね、草は足にひんやり、
帽子をかぶらず、髪を風に洗わせて。

（アルチュール・ランボー「感覚」より　管啓次郎訳）

鼓膜をふるわせる夏の振動が、時空を超え、冬を揺らしている。氷のステージの上で響きを交わし合っている。

その「交響」は、オーケストラホールで聴くものとは違った。主旋律と伴奏のように、どちらの音が主役、といった役割はなく、指揮者の解釈に導かれてドラマチックに盛り上がる、ということもない。そこにあるのは、まだ解釈される前の、わたしたちが意味として受け取る前の、〝宙ぶらり〟の音たち。

さながら、蜘蛛の巣にかかった露の玉が朝の光を浴びて互いを照らし合うように、世界の一粒一粒がそれぞれの存在を響かせ合う、指揮者のいないシンフォニーが、そこにある。

管さんの朗読はまだ続いている。森の奥から、鳥の鳴き声がひときわ高く響いた。

ロヴァニエミのトナカイレース

❄ 三月三日 ロヴァニエミ

朝から曇り空。明日は昼には空港に行かねばならない。一日いられるのは今日で最後だ。長らく二人行動だったが、夕方にアパートメントで待ち合わせることにして、それまで各自で過ごそうということになった。

わたしには行きたいところがあった。この日の十一時から開催予定のトナカイレースだ。毎年この時期にサーミランド各地で開かれる一大イベントで、ロヴァニエミ会場は郊外の競馬場だった。

送迎バスは朝十時半に発つ。少し早めにバス停に行って待っていると雨が降ってきた。傘を持ってくるのを忘れたが、乾燥しているので、フードをかぶれば多少濡れても、さほど気にならない。

ペチ……ペチペチ……。これも乾いた空気のせいなのか、フードに打ち付ける雨の音が軽い。

道路を挟んで、バス停の向かいに四階建てのホテルがあった。最上階の看板の上にワタリガラスがとまり、カアカアと鳴いている。その声は、凍った地面を行き交う車の音を縫うように、朝の空気をしきりにふるわせている。

カラスはどこかに飛んでいったが、目当てのバスは一向に来なかった。ここに来て、すでに一時間。雨はいつのまにか止んでいた。諦めかけた頃、ようやく巨大な白いフォルクス・ワーゲンのバスがやってきた。

同じバス停で待っていた十人ほどを積み込むと車内は満員になった。わたしのようなアジア系もちょこちょこいたが、見た目で判断する限りはヨーロッパからの観光客が多そうだ。バスに揺られること十数分、ついに競馬場に着く。乗降口から、雪に埋もれた駐車場に、ひとりふたりと吐き出される。それから、わたしたちはアリのように列になり、ときおり転びそうになりながら、よれよれと歩いていった。長い列の先には子どもが遊べる小さな公園があり、トナカイが一頭つながれていた。その周りを観光客が取り囲み、順番に記念写真を撮っている。

そのすぐ隣には、トナカイを模した椅子のようなオブジェが置いてある。そこにも人が集まっているが、生きたトナカイとは対照的に、皆、一メートルほどの距離を取っている。見ると、人間たちはオブジェに向かって縄状のものを投げ、ツノの部分に引っ掛けようとしている。それでピンときた。トナカイ放牧では、縄を使ってトナカイを捕まえると聞いたことがある。それを練習、または体験できるコーナーなのだろう。

しばらく記念撮影と投げ縄コーナーに見入ったあとで、すぐ近くの階段を降り、レースの行われるコースへと向かった。

すでにレースは始まっており、歓声がこだましている。コースの周りには人混みができ、さらに、コースで囲まれた内部に待機中のトナカイと飼い主が集まっている。ざっと数えただけでも百頭はいる。それぞれに割り振られた仮設の木の柱に繋がれて、暴れもせずに並んでいる姿は壮観だった。客はコースの内部にも入れるようで、待機中のトナカイの周りにも人混みがあり、途切れることなく写真や動画を撮っていた。

フィンランド語のアナウンスで呼び出されると、待機していたトナカイは飼い主にひかれてのっしのっしとコースに歩き出す。スタート位置に仕切られた青い柵に、六頭のトナカイが並び、合図とともに走り出す。トナカイというと、サンタクロースのソリのイメージが強いけれど、各選手はスキーを履いて一頭のトナカイに引っ張られ滑っていく。だから、バランスを崩してトナカイだけが走っていってしまい、スキー板とともに後方に転がっていく選手も少なからずいた。

トナカイたちは各自、白い息を吐きながら走り、押し合いへし合いゴールに雪崩《なだ》れ込む。それを見届けた見物客は歓声を上げたり、拍手をしたりしながら、次のレースを待つという流れだった。

カメラモードのスマホを抱え、コースと待機コーナーを行ったり来たりしていると、突然、人混みの中から、ざわめきが起こった。なんだなんだ、という感じで周りの人々もそちらを振り向く。視線の先には一頭のトナカイ。出番は次のレースのようだった。このトナカイは後ろ足で強く踏ん張り、控え場所で激しく抵抗していた。人間一人ではとても動かせず、数人がかりで引っ張られている。

わたしは我が家のラブラドールレトリーバーを思い出した。散歩中、こんな感じで踏ん張ることがある。それは、「行きたくない」という強い意思の表れだ。

わたしは犬の言葉も、トナカイの言葉もわからない。喜びの感情だって、どれだけ理解できているか疑わしい。我が家の犬は、散歩中に木の枝を見つけると尻尾を振って食らいつき、走り回る。それを見て、喜んでいるのだろうな、と想像するけれど、人間が感じるような喜びや興奮にどれだけ近いかはわからない。

けれど、地面を踏みしめ、動こうとしないときだけは感情がはっきりわかる。拒絶だ。小さい犬なら、たとえ拒絶されても、ひょいと持ち上げることもできるかもしれないが、30キロのラブラドールではそれも無理で、結局、人間と犬の意見の一致、というか、妥協が必要になってくる。双方の拒絶しない場所がおのずと「本日の散歩ルート」になり、ようやく、わたしたちは歩き出す。生まれたばかりの、ふたりだけの道を——。

今、目の前にいるトナカイは見るからに、強い拒絶を示していた。固唾を呑んで見つめていると、隣で、二十代ぐらいだろうか、観光客らしき男性がスマホを出し、撮影しはじめた。甲高い声で何かしゃべっている。英語だ。「行きたくないよ」と言っている。トナカイをイメージした声色で、アニメのアフレコのような感じでトナカイの気持ちを代弁しているようだ。トナカイを引っ張る人の数はさらに増える。「行きたくない、行きたくない」。アフレコも激しくなってくる。しかし、抵抗も虚しく、トナカイは観念したように、コースに引っ張られていった。その後ろ姿をアフレコ男性も必死に撮影していた。そして、液晶の上の、赤い録画停止ボタンを押すと、隣にいた友人の方を振り返り、奇声を上げながら満面の笑顔でハイタッチをした。YouTubeか何かにアップするための、よい動画が撮れた、ということだろう。

わたしは、その嬉しそうな表情を見た瞬間、心の底から嫌な気持ちになった。悲しみが押し寄せた。

次の瞬間、これ以上、ここにいてはダメだ、という気になった。次のレースが始まろうとしていたが、急いでコースの外に出て、階段を登り、出口に向かった。駐車場に行く途中の、公園に繋がれたトナカイをもう直視できなかった。

待機しているバスに乗り込んでも、モヤモヤした気持ちは落ち着かなかった。

バスが動き出す。

外は相変わらずの曇り空だったが、気圧のせい以上に心がずーんと沈んでいた。隣の席で、家族連れが楽しそうにフィンランド語でおしゃべりをしている。地元の人なら車で来るだろうから、遠くの地方から来たのかもしれない。

そんなことを考えているうちに、少しずつ冷静さを取り戻してきたので、自分の感情を整理することにした。

一言でいえば、トナカイが可哀想だった。人間はひどい。嫌がるトナカイを無理やり引っ張る人々にも腹が立ったし、面白おかしくスマホで撮影する観光客にも耐えられなかった。

だが一方で、トナカイが可哀想だと言いながら、この場面を必死に記憶しようとしている自分がいる。日本に帰ったら、このことを書こうと思っている自分がいる。彼らを糾弾するそぶりで、自分のネタとして消費しようとしている。わたしは今、顔だけは真剣な表情をしている。だが心の中では、スマホを回した彼と同様、喜び、はしゃいでいるのではないか。自分は輪をかけて浅ましいな、と思った。そんな自分の嫌らしさも含め、人間たちの身勝手な好奇心にホトホト嫌気がさしたのである。

「大きな岩の丘」以来、わたしの心は足場を失い、宙ぶらりの状態だった。ダルマ落としで喩《たと》えれば、自分の「根底」、一番下の段にあった、世界を見る自分の眼差しそのものがスコーンと飛ばされ、バランスを崩して、ダルマの頭もろともに、スローモーションで崩れ落ちていく最中であった。

とはいえ、どうすればいいのかも、わからない。『銀河鉄道の夜』に出てくるさそりの言葉を借りれば、「あゝなんにもあてにならない」。

唯一、確かなことは、もう昔の価値観には戻れない、戻りたくない、という、強い感情ぐらい。わたしの心は、一応、絶望なりに、前よりはマシな方を目指そうとしているらしい。けれども、マシな方とはどこだろう。別の価値観を見つけたところで、また新たな歪《いびっ》なダルマタワーを築いてしまうだけではないだろうか……

バスが市街地に着く。さっきの雨で路上の雪が溶けはじめ、つるつると滑りやすくなっている。歩行者がつけていく靴底の泥が、雪のときよりずっと目立ち、ぬるぬると汚かった。雪に埋もれた道よりも、寒さが直接足元を襲ってくる気がした。途端に、つーんとする寂しさが体を突き上げてきて、家に残したラブラドールの顔と、そのあたたかく毛むくじゃらな体の感触を思い出した。早く会いたかった。

もはや、どこにも行きたくなかったが、川に向かった。中心街のすぐ近くを流れるケミ川だ。散歩している犬が見られるかもしれないと思ったからだった。最初にロヴァニエミに来た翌日にも、管さんとこの川沿いを歩き、数組の犬の散歩風景に遭遇した。

昨日今日とマイナス一桁台《けただい》が続いて、寒さが和らいだような感覚があったが、川面は変わらず凍っていた。川に沿って白樺がまっすぐ立ち並び、風に枝を揺らしていた。

犬はいなかった。だが、川面に積もった雪の上に、人間と犬の足跡が並んであった。管さんと歩いた日も、この足跡を見つけた。あれから一週間、新しい雪の上に、やはり同じ二つの足跡。この道が毎日の決まった散歩ルートなのだろう。

『銀河鉄道の夜』には、カムパネルラという少年が登場する。彼はザウエルという犬を飼っている。主人公のジョバンニは、新聞配達のアルバイトで毎朝カムパネルラの家に行くが、まだ朝も早い時間に起きているのは犬ぐらいだ。

「ザウエルといふ犬がゐるよ。しっぽがまるで箒《はうき》のやうだ。ぼくが行くと鼻を鳴らしてついてくるよ。ずうっと町の角までついてくる。もっとついてくることもあるよ。今夜はみんなで烏瓜《からすうり》のあかりを川へながしに行くんだって。きっと犬もついて行くよ。」

ザウエルについては、その部分にしか書かれていない。

ロヴァニエミの凍った川面の雪の上に、仲良く並んだ足跡を見つめながら、カムパネルラとザウエルも、きっと朝と夕方、川沿いを散歩していたはずだと、わたしは感じた。

もちろん、その姿には自分とラブラドールの毎日を重ねている。白樺の影が優しい夕日に照らされ、川面に揺れる。少年と犬の二つののびた影を、そのどこかに隠しながら。


ケンタウル祭の夜、カムパネルラは川に落ちる。家族も友人も、カムパネルラを必死に探す。彼は最後まで見つからない。

わたしは、この捜索隊の中にザウエルもいたのではないか、とふと思った。

そう、きっと、そこにいたはずだ。カムパネルラを探し続けるザウエルが。人間たちに言われるまでもなく、吹きつける風の中、顔を上げ、大きく広げた鼻をくんくんとさせ、川で途切れたカムパネルラの匂いを必死に追うザウエル。その様子がまざまざと想像できた。

風がびゅーっと吹き、白樺の枝をトキトキと鳴らす。わたしは想像を加速させる。もし、ザウエルも、カムパネルラを追って川に飛び込んだのだとしたらどうだろう。いや、そうに違いない、ザウエルだったら、そうするに違いない、そんな確信に近い思いが湧き上がった。

ペチペチ……白樺の枝を静かに鳴らし、また、雨が降りはじめた。さらさらと軽やかで、歌うような雨だった。オリオンから地上に落とされた「つゆとしも」のように。

あかいめだまのさそり
ひろげた鷲のつばさ
あをいめだまの小いぬ
ひかりのへびのとぐろ
オリオンは高くうたひ
つゆとしもをおとす

（宮沢賢治「星めぐりの歌」）

あをいめだまの小いぬの隣に、カムパネルラがいたらいいな、と思う。天の川の河川敷を、今日も仲良く並んで歩きながら。

「あかいめだまのさそり」は、『銀河鉄道の夜』で、こんな反省をする。死の間際、自分が生きるために数多くの命を奪ってきたことを後悔し、ある願いごとをする。

あゝ、わたしはいままでいくつのものの命をとったかわからない、そしてその私がこんどいたちにとられようとしたときはあんなに一生けん命にげた。それでもたうとうこんなになってしまった。あゝなんにもあてにならない。どうしてわたしはわたしのからだをだまっていたちに呉《く》れてやらなかったらう。そしたらいたちも一日生きのびたらうに。どうか神さま。私の心をごらん下さい。こんなにむなしく命をすてずどうかこの次にはまことのみんなの幸のために私のからだをおつかひ下さい。

さそりは、自分本位の眼差しを見つめ直し、世界との関係を新たに結び直そうとする。眼差しという言葉には、〝偏り〟が、すでに内包されている。一定の角度から物事を受け取るということ、つまり、偏りこそが眼差しともいえる。偏っている以上、どんな眼差しも多かれ少なかれ、何かを取りこぼさずにはいられない。

その取りこぼしの中に、誰かの尊厳を傷つける可能性を、わたしたちは排除することができない。あるときは他人を、あるときは犬を、トナカイを、そして、海や山やその他、諸々の尊厳を傷つけ、そのたびに、わたしたちは彼らに拒絶される。

さそりは、自分本位の眼差しに、「まことのみんなの幸《さいわい》」がないことに気づく。生まれ変わったあとに願いを託すけれど、本当に生まれ変われたのかどうかはわからない。少なくとも、さそりが、誰かを傷つけずには生きていけない、という、逃れられない現実世界の悩みから、死をもって解放されたのは確かだ。
それは、「なめとこ山の熊」で、命を奪うことに悩む猟師の小十郎が、熊に襲われて死んだ姿にも重なる。

　思ひなしかその死んで凍えてしまった小十郎の顔はまるで生きてるときのやうに冴《さ》え冴《ざ》えして何か笑ってゐるやうにさへ見えたのだ。

死は、眼差しから解放された宙ぶらりの世界。さそりも、小十郎も、トシも、少年のままのカムパネルラも、みなそこにいる。

　「カムパネルラ、僕たち一緒に行かうねえ。」ジョバンニが斯《か》う云《い》いながらふりかへって見ましたらそのいままでカムパネルラの座ってゐた席にもうカムパネルラの形は見えずたゞ黒いびろうどばかりひかってゐました。

どんなに想いを馳せようと、賢治＝ジョバンニが、トシやカムパネルラとともにいられるのは束の間のこと。次々に列車を降りていく仲間を見送りながら、ジョバンニは無理やりに持たされた「どこまでだって行ける切符」を握りしめ、〈銀河鉄道＝生きること〉に取り残される。生きているかぎり、永遠にたどりつけない目的地〈ほんとうのさいわい〉行きの列車の中に。

改稿を繰り返し、未完のまま終わった『銀河鉄道の夜』。

北極圏の空の下、わたしは思う。何度も書き直すこと、旅を終わらせないことが、賢治にとって〈生きること〉だったのではないか、と。逃れられない現実世界に、さそりのように絶望しないでいるために。

そして、いつのまにか、わたし自身も同じ列車に乗り込んでいることに気づく。「どこまででも行ける」譲渡不可の切符を持たされて。

川岸にどれほどいたのだろう。スマホを見ると、すでに十七時をまわっていた。

帰り道は暗かった。とはいえ、この街にはじめて来た一週間前より日は長く、二十分ほど日没は遅くなっている。肌に触れる張り詰めた空気にも、どこかぬくもりの気配があり、冬の終わりが近いことを告げている。この雪が完全に溶ける頃には、人間も動物も待ち望んだ季節の到来だ。

今頃、管さんはすでにアパートメントに帰っているはず。これから、わたしたちは合流し、旅の最後の夕食に出かけることになるだろう。

凍った道の上にまだ少しだけ残っていた小さな雪の結晶が、足の下で慎ましく音を鳴らす。その音とともに、突然思い出したことがあった。三歳だったか、四歳だったか、小さな子供の頃。雪のほとんど降らない静岡県で、はじめて積もった雪が特別だったこと。足の下でしゃりしゃりと鳴る音が、一足ずつ違って聞こえた。足裏に感じる振動とともに耳に届く音に、出会ったことのない世界が詰まっていた。時間を忘れて踏み続けた。踏むたびに、世界に新たな色が加わった。まだ、自我があるともいえないようなあの頃、思えば、世界は驚きに満ちていた。

大人になった今でこそ、わたしは自我とか自己とかを絶対的なものと思いたくなるけれど、本当は、自らの眼差しを中心に据えた世界を守りたかっただけなのかもしれない。ネットを開けば、自己肯定感なんて言葉を毎日のように目にするけれど、自己なんてものは、この数日のわたしを見ればわかるとおり、少しのショックで崩れ去る曖昧なもので、それこそ、偶然が重なって固まっただけの雪の結晶のようなもの。わたしも、しばらくはショックでオロオロしていたが、だんだんショック状態に慣れ、今は清々しささえ感じていた。

雪の結晶は自己を肯定しない。壊れても壊れても、水になって、また、いつか別の雪の結晶として、この世界に懲りずに立ち上がる。

もし、この世に肯定すべきものがあるのだとしたら、それは自己ではなく、わたしたち人間が持つ、意外にしぶとい「心」そのものなのではないか。「だめだ、だめだ」と否定し続けても、何度でも、世界との関係を結び直そうと思える心の図太さを、わたしたち人間は持っている。毎日が驚きに満ちあふれた子供時代を経験している人間なら誰しも。

雪を踏む音が次第に小さくなる。アパートメントに続く細い裏道に出る頃には、雨に濡れた地面は凍りつき、さらに滑りやすくなっていた。転ばないように足元を見ながら、少しずつ歩いていく。

思えば、この旅では転んでばかりいた。もはやサーミランドに転びに来たようなものだ。そういえば、管さんも初日のロヴァニエミで激しく転んでいた。どんなに世界を歩いても、人は転ぶものらしい。

それは同時に、土地に触れている証《あかし》でもある。宙に浮かんでいたら転ぶことはできないのだから。転ぶことは、生きているということだ。

少し先にアパートメントの入り口が見えてくる。道の上では、靴跡の形をした土が、茶色く、幾つも混じり合い、ぐちゃぐちゃと汚かった。それは、わたしより先に、この道を歩いていった、無数の人間の跡だった。そこには、わたしのスノーブーツよりワンサイズ大きい、管さんの靴跡もあるはずだった。

数日前に歩いた、ウツヨキの一本道が脳裏に浮かんだ。けれど、その道は今、始まりも終わりもない、「果て」のない道になっていた。目の前を歩く、管さんの背中が浮かんだ。さらには、その先に、猟銃を力なく担いだ小十郎、大量の新聞を抱えたジョバンニの後ろ姿が浮かんだ。そして、風に吹かれ、コートを着込んだ賢治の背中が。

誰もが、派手にすっ転び、満身創痍《そうい》だった。雨にも負け、風にも負け、オロオロとして、情けなかった。だめだ、だめだ、と言いながら、それでも世界に絶望だけはせず、答えがないままに歩き続けている。答えがないことを、歩き続けている。

その道の名前は、〈ほんとうのさいわい〉と呼んでもよい気がした。

となかい苔を準備してとなかいをなつかせようと試みる小島くん。となかいはとてもおとなしく橇をひいてくれるが、いうまでもなくなかなかの力持ち。その筋肉を苔によって維持できるというのがすごい。衣食住の全般にわたってサーミの人々の生活を支えてきた大切なケモノ。(S)

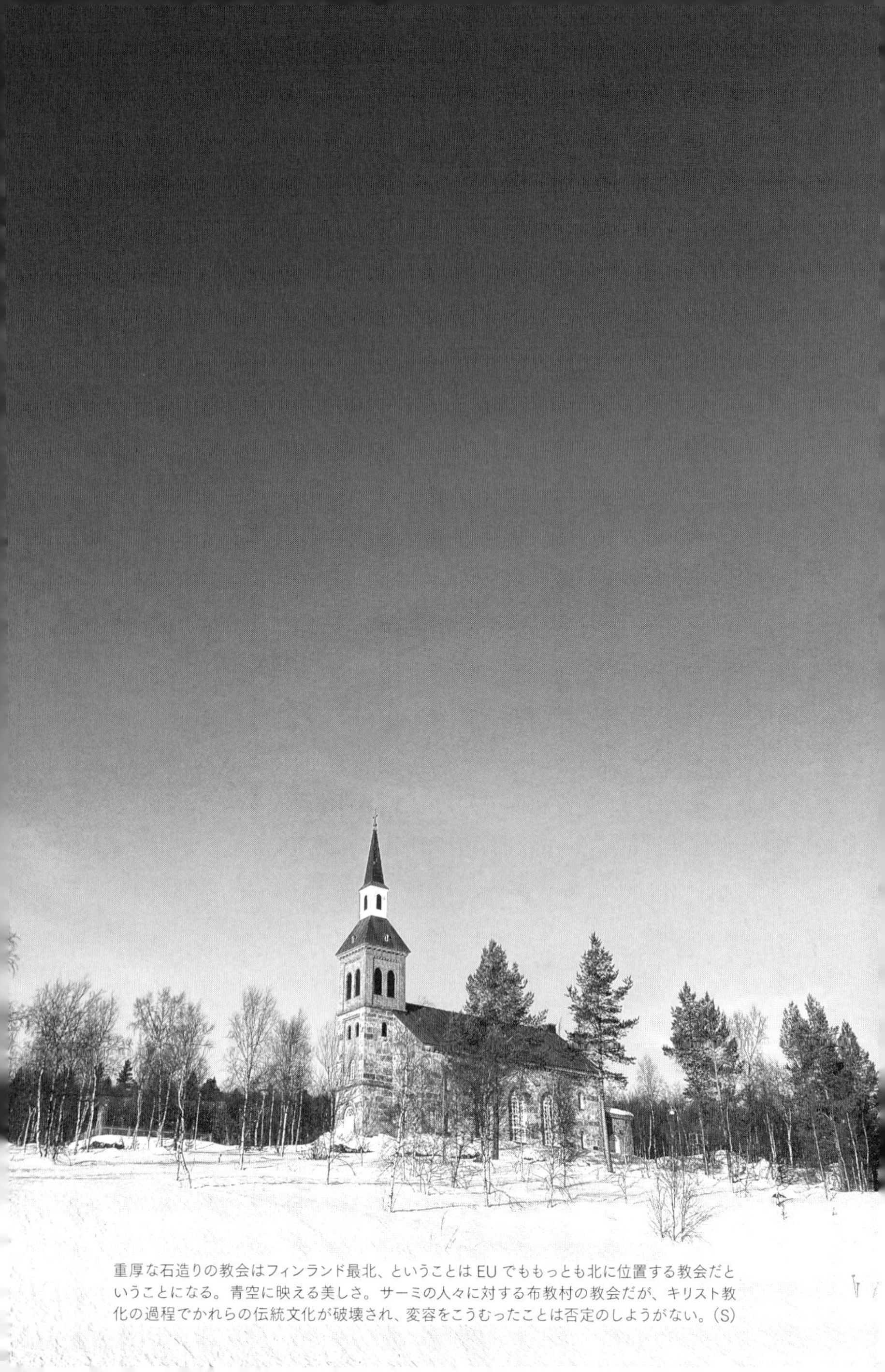

重厚な石造りの教会はフィンランド最北、ということはEUでももっとも北に位置する教会だということになる。青空に映える美しさ。サーミの人々に対する布教村の教会だが、キリスト教化の過程でかれらの伝統文化が破壊され、変容をこうむったことは否定のしようがない。(S)

教会から村まで6キロほど歩いて帰った。道端の雪を踏みしめ、鼻歌をうたいながら。気温は氷点下だが太陽にめぐまれて愉快な散歩だった。途中で見かけたのがこのバス停と郵便ポスト。誰かが使うのか使わないのか、椅子がぽつんと置かれているのもほほえましい。でもすわればたちまちお尻が凍る。(S)

イマの自宅で見たとなかいの干し肉作り。風が吹き抜けるようにした軒先の一角に吊るしておくと、水分が抜けておいしい干し肉になるのだろう。塩をすりこむ程度の下ごしらえはするのかもしれないが確認を忘れていた。完成品はしょっぱくなく、ジャーキーのような強い味もせず、すなお。(S)

倉庫にあったのは一目でとてつもなく上等だとわかる毛皮のコート。イマのおばあさまのもの。商業的な大都会の住民たちが動物の毛皮のコートを身につけることには大反対だが、北極圏で生きるかれらにとってはこれがこの上なく大切な伝統的衣装だった。苛酷な冬から守ってくれたのは動物たち。(S)

となかいのぶつ切り骨付き肉をただ茹で、血はブラッド・プディングにし、茹でた骨は適当な長さに切って、その骨髄を出してソース代わりに肉につけて食べる。それがサーミのとなかいディナー。確実に体が温まる。これを食べて極夜を乗り切ってきたのがかれらの食生活の土台。(S)

ノルウェー領内にいつのまにか入っていた。風土は国境では分かれない。この小さな教会の墓地に、イマのおばあちゃんが眠り、親戚のみなさんも眠る。平和ではればれとした明るい墓地だ。この地方で典型的に見られる丸っこい丘はトゥントゥリと呼ばれる。となかい生活にとっての里山か。(S)

写真では絶対に伝わらないけれど、吹きさらしの大平原、大雪原のきびしい美しさに打たれたのが今回の旅の頂点だった。まさに太陽と風の国。極夜の休息から太陽がよみがえる春のよろこびは、どれほどのものだろう。そして息がとまりそうな風の強さが、土地に清浄な美しさを与える。(S)

イナリ湖のかたすみに不思議なかたちの岩がぽつんとあった。これは seita だろうな。聖なる小島、岩、崖などがそう呼ばれる。それはサーミの人々にとって聖霊が宿る場所でもあり、となかいとともに移動するときの目印にもなる。かすかな太陽熱を集めて雪を溶かしているその岩肌には、みずみずしい苔。(S)

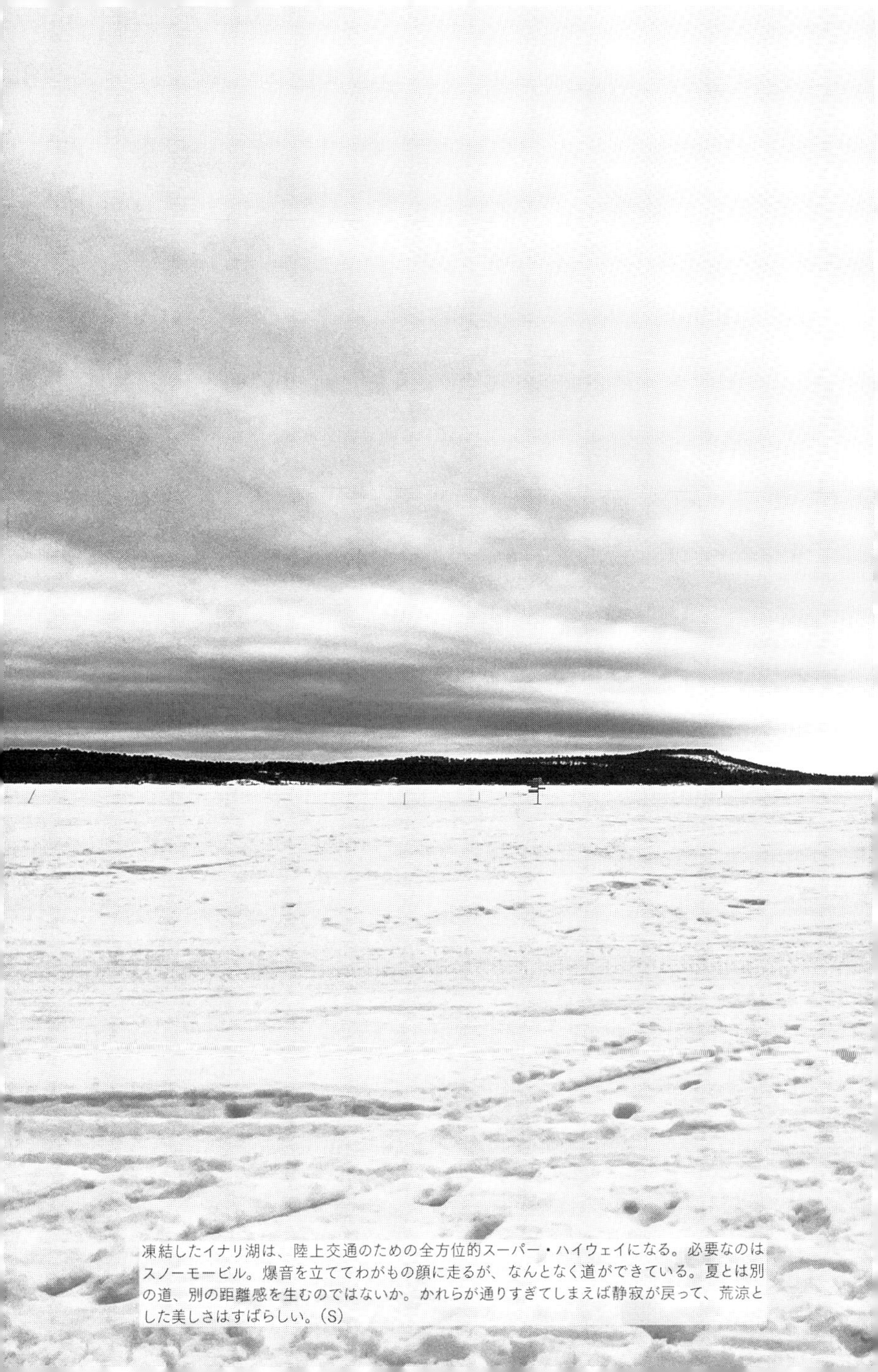

凍結したイナリ湖は、陸上交通のための全方位的スーパー・ハイウェイになる。必要なのはスノーモービル。爆音を立ててわがもの顔に走るが、なんとなく道ができている。夏とは別の道、別の距離感を生むのではないか。かれらが通りすぎてしまえば静寂が戻って、荒涼とした美しさはすばらしい。(S)

RAMIRENT

ロヴァニエミの競馬場、コース中央でとなかいが出走を待っている。レースではスキー板を履いた参加者が、となかいにひかれて速さを競う。参加者には子供も多く、スタート早々バランスを崩し、走り去るとなかいに置いてけぼりにされることも。立ち上がって舌を出す子供に、会場からあたたかい拍手。(K)

この地方原産の犬種、名前はうまく聞き取れなかったけれど、日本でいえば北海道犬や紀州犬くらいの中型種で、明らかにハウンド（猟犬）系統。たまたま出会ったドッグショーをじっくり見物させてもらった。おとなしく愛情にあふれた感じで、子犬を連れて帰りたくなりました。（S）

仲良きことは美しきかな、を実践する犬たち。このむつまじさはほほ笑ましいが、あるいは子犬のころに別れた兄弟犬とかかもしれないな。この子たちが橇をひくかどうかはわからないけれど、必要なチームワークの基礎にもなりそう。これもドッグショーのひとこまでした。（S）

［キャプション執筆］S＝管　K＝小島

太陽篇——管啓次郎

太陽と風の土地へ

なぜ北にむかうのか

南にむかって飛んでヘルシンキに着いた。そこから北にむかってさらに飛び、走る。いったいどこに、何をめざして？

まず、はじまりから。ケイタニー（小島敬太）とぼくは以前にも一緒にフィンランドを訪れたことがあった。そのときはフィンランドの南部、木材の出荷の町として知られるラハティにゆき、そこで開催された詩のフェスティヴァルに参加した。ラハティはシベリウスの故郷で、偉大な作曲家の名を冠した大きなコンサートホールがある。湖がある。湖の上に木製の水上舞台がつくられていて、ケイタニーとぼくはそこで歌をうたい詩を読んだ。夏至の時期のあざやかな夕方の、すばらしいひとときだった。それは二〇一九年のこと。

そのとき、フィンランド語の単語もいくつか覚えた。水はvesi、湖はjärvi、空はtaivas。舞台が終わってから「いつか冬のフィンランドに来てみたいね」と話し合った。「もっと北に行ってみたいね」とも。北をめざしたい気持ちには理由があって、その理由には宮沢賢治が大きく関わっている。そのことはこれから少しずつ話していこうと思う。それから誰も思ってもみなかったパンデミックで巨大な金魚鉢に閉じこめられたような三年間を経て、二〇二三年から生活が少しずつ復調した。みんなそのあたりの気持ちの変化は、よく見えているものと思う。あるいはすぐ忘れてしまうのかもしれないが。過去をとり戻すような気持ちで、ぼくらは旅を決行することにした。

フィンランド、それは森と湖の国。広大な森林を越え、海をわたって行く。首都ヘルシンキに空から接近するのはすばらしい。海に多くの島が点在し、荒涼とした雰囲気だ。ムーミンパパが明るい荒れた夏の海にひとりで小舟を漕ぎ出す姿を想像せずにいられるものだろうか。でもいまはまだ夜明け前で風景はよく見えず、以前にはアジアからヨーロッパ行きのフライトのハブとしていつもそこそこ賑わっていたヴァンター国際空港では、睡眠不足と時差ボケでどんよりと曇った頭の人々が幽霊のようにさまよっていた。

フライト時間は長かった。十三時間あまり？　ロシアの上空を飛べたころにはヘルシンキはもっとも近いヨーロッパの空港だったのに、いまは日本からは北極経由となる。大きな迂回だ。カムチャツカ半島沖をどんどん北上し、太平洋の北の果てであるベーリング海から、シベリア沿岸部とアラスカのあいだベーリング海峡を抜けてチュクチ海へ。そこからさらにどんどん北極に近づいてゆき、あるとき（いつのまにか）方向を変えてグリーンランド上空を南下してフィンランドにむかうのだ。ちなみにベーリング海峡のロシア側の村ウエレンが北緯66度ほど、ヘルシンキは北緯60度。北極点といってもほんとうに北緯90度地点を飛ぶわけではないが、いかに大きく迂回していくかはわかるだろう（ところでヘルシンキの名前を聞くたびについ反射的に「辛気臭い地獄」を思い浮かべるのだが、そこは辛気臭いどころか最高にさわやかな都会だ）。

その迂回はずっと、あまりにも崇高な北の海と陸の上を飛んでいるのだが、もちろん何も見えない。見えるのは自分の座席とその周囲だけ。きみがバスケットのような籐の椅子にすわってびゅんびゅんと吹きつける冷たい風を顔にうけながらひとり空を飛んでいるとしたら地上にいるみんなは空を見上げ「あれ何！」と指さして笑うだろうが、夜の地表には人はいなくてただ海に棲む一角《いっかく》（くじらの仲間ナワール）やあざらしがきょとんとした顔で夜空を人工衛星のように横切るきみを見上げているだけだと考えるのはすでに夢うつつの証拠。割合空いていたフィンエアーでは運よく横並びの三席を使って、脚さえ曲げれば横になって眠ることができたので、大変に楽だった。旅行ではこのような移動時の運の良し悪しがけっこう大きい。

ともあれ、まだカフェも開いていない朝の空港では歩くことと本を読むこと以外にすることもなくて、脚を伸ばすためにひとしきり空港の端から端まで歩いたあとで、ぼくはしずかな片すみを見つけて文庫本を取り出した。国内便の乗り継ぎまで、三時間あまり。取り出したのは新潮文庫版、天沢退二郎編の『新編　宮沢賢治詩集』。今回の旅の精神的なポルトラーノ（案内書）だ。
そもそも旅の発想はケイタニーの特別なこだわりにあった。あるとき彼がぽつんといった、「宮沢賢治にとって北という方角は特別な意味があったんじゃないか」と。ぼくにはピンとくるものがあったが、それでも「どういうこと？」と訊き返した。するとケイタニーはこんなふうにいったのだ（文字通りではないけれど）。

妹が死んだあと北にむかいながら賢治は挽歌を書きました。青森、オホーツク　樺太《からふと》。その短いサハリンへの旅が弔いの旅なら、北は死者たちとの通信が可能になる場所だと彼は考えていたのではないかと思います。そんな特別な交流の場としての北を考えることもできるのではないでしょうか。
個人のレベルではないけれど、辺境の土地としての北は南から侵略され、利用されてきました。北の人々は奪われ、近代国家によっていいように使われる。それは日本列島で起きてきたことだし、フィンランドでもそうなんじゃないか。でも北の人々には自分たちの文化や言語を守ろうという気持ちがあった。南からはラップランドと呼ばれてきた土地の人々のことです。そんな土地と人々のことを知りたい。

この二点には同意できる。ケイタニーとぼくは二〇一一年三月の東日本大震災のあと、ずっと一緒に活動してきた。小説家・古川日出男がシナリオを書いた朗読劇『銀河鉄道の夜』。いうまでもなく宮沢賢治の原作に基づき、友情と死と弔いという主題に焦点を合わせて作った舞台で、ケイタニーは主題歌「フォークダンス」を書き、ぼくは劇中で読まれる長い詩を書いた。はじめ、二〇一一年のクリスマスに古川、小島、ぼくの三人で活動をはじめたあと、翌年から翻訳家・柴田元幸が加わり四人で演じてきた。誰にも頼まれずにはじまった、旅回りの小さな劇団！　別の土地にゆくたび古川が新しいシナリオを書き、それぞれの場所に応じた演出で上演してきた。ひとり何役も演じることもあって、表面的には原作からどんどん離れていくようでもあったが、根底にある精神はずっと川のように海のようにつづいていたと思う。音楽も変わり、詩も変わった。もっとも最近では二〇二三年八月、上記の四名に加えて歌手の後藤正文《ごとうまさふみ》（アジアン・カンフー・ジェネレーションのゴッチ）と女優の北村恵《きたむらめぐみ》が参加した『ザ・レディオ・ミルキー・ウェイ』舞台版を福島県相馬郡新地町の観海《かんかい》ホールで上演した。そしてこの朗読劇の、すでに十二年を超える活動のあいだ、ケイタニーもぼくもつねにそれぞれの「北」に直面していたわけだ。

その意味を考えるために、実際にとびきり北の土地を訪れてみるのもいいだろう。あらゆる人の人生にはそれぞれの北と南があるが、その方位は固定したものではないだろう。現実の土地との接触が方位をゆらがせ、その意味を変える。

ぼくはもともと北の土地をあまり知らなかった。震災の前の東北にはごく一部の土地に、数えるほどしか行ったことがなかった。せいぜい仙台と山形。どちらも大きな街だ。ケイタニーは浜松で、ぼくは名古屋で育ったので、生活感覚としてはなんとなく東京が東の、北の、果てになる。その目で見ると賢治の作品は（詩でも童話でも）すでに北の言葉で書かれていて、北の響きがあった。その賢治が、ぼくらの胸の中で、さらに北をめざして旅をしたがってい た。何をめざして？

ほんとうのところはわからない。カリブ海のアフリカ系の人々は、死者の魂は海をわたることができないという。たとえ島と島を隔てる、ほんの狭い幅の水道のような海でも。だったらいま賢治の魂は（魂というものがあるとして）本州島の一角をさまよいながら、ひたすら北にあこがれているかもしれない。あるいはかつて生きていた彼が実際に訪れたオホーツク海やサハリンをなつかしんでいるかもしれない。その魂に代わって、われわれがもっと北に行ってみよう。賢治の魂でなくても、彼の言葉を北に連れていこう。

もっとも「彼の」というが、そしてそんな言い方を人はあまりに平気でするが、言葉は誰も自分のものとして所有することができないのだ。最初から共有されている。それでもただ、彼だけが果たしたある種の言葉の使い方があって、その使い方において彼の言葉は何かにふれ、ぼくらにも「さあ、ふれてごらん」と呼びかけているところがある。地球の現実の地形と気象とは別に、人間たちが言葉を使うことによって作り上げてきた想像の地形と気象があるが、その精神的な地形と気象に分け入っていくためには、すでに遠くまで行くことをはたした先行する誰かの言葉を、ヘッドライトのように借りなくてはならない。ぼくらは賢治の言葉を照明として使っている。

あるいは、人間を中心にする考え方をやめるなら、言葉においてわれわれはいつもその言葉自体がもつ意志のようなものを代行しているともいえる。太陽があるとして、日の出をよろこぶ言葉、日没を惜しむ言葉、夏至の日に太陽に感謝する言葉、冬至の日に太陽を励ます言葉は、ひとりひとりの人間を超えて、直接太陽に語りかけようとしている。たぶん個々の文化や言語も超えて。地球のあらゆる場所で、そこに住みこむことによって言葉の使い方を学んできたのがヒトで、その使い方の中に意味が生まれた。さきほど述べたような、個人化された（作家の、詩人の）言葉の使い方と、ある土地の人々（民族というか言語・文化的グループ）の言葉の使い方。その両方を学ばなければ、そして学ぶということは使えるようにならなければ、ぼくらには気がつくことも見えてくることも聞こえてくることも、あまりに限られているのではないか。ひとことでいうなら、あまりにちっぽけで細分化されたわれわれひとりひとりが、どのようにしてこの広大な地球のすべての地形と気象に少しでも近づくか。接近しはじめることができるか。

そんなことも考えなくてはならない時がやってきた、とぼくはひとりでぶつぶつぐるぐるとつぶやいていた。なぜ「ならない」かというと、地球におけるニンゲンたちの活動が、すでに極限にまでたどりついてしまったと思うからだ。ニンゲンの活動が地表を激変させて以後の時代をさす人新世《アントロポセン》という呼び名はこの十年ほどでずいぶんよく知られるようになってきたが、ニンゲンの、特に利益を求める経済活動とそれにともなう破壊に制限をかけようとする動きは、すべて「アントロポセン・ブルース」としてひとつの歌になる。それをいつかケイタニーに書いてもらおう。そうだ、この旅はそのための予備調査にもなるはずだ。

ロヴァニエミへ

　ヘルシンキ・ヴァンター空港で国内線に乗り換えてロヴァニエミへむかう、つもりだった。ところがそこで早くも大きなトラブルが発生した。巨大な空港を適当に散歩して時間になったらゲートで会おうよと相談していたのだが、ひとしきり時間を潰して（いえいえ時間は潰れません、むしろ充実した隙間時間としての数時間がひろがっていた）そろそろゲートにむかおうかと手持ちの搭乗券を見直したら、ゲート番号がケイタニーが教えてくれたものとはまったくちがうのだ。しかも遠い！　ほとんど空港の端から端まで、すぐに行かなくてはならない。これにはあわてた。何しろ広い空港だ。

　たとえばアメリカの空港なら、出発ゲート変更ということはときどきある。ぼくは携帯のローミング契約をしていなかったので、電話連絡ができない。空港のWi-Fiを使ってメッセージを送るしかない。早足で歩きながら、ときどき立ち止まりながら、「ゲートちがう！

4！　すぐのる！」みたいな省略形もいいところのメッセージを送った。これはまずかったな。ぼくは間に合うとして、ケイタニーが乗れなかったらどうしよう。選択肢はふたつ。とにかくぼくは乗ってロヴァニエミで待つ。ぼくも乗るのをやめて、国内線の便を手配しなおす。ゲートに着くとすでに搭乗時間になり、ほとんどの人は乗ってしまった後だ。係員に搭乗券とパスポートを見せたあとで、ともだちがまだ来てないんです、コジマケイタという、と伝えると、彼女はプリント・アウトした紙のリストをめくった後そんな名前の人は乗客リストにないという。いったいどういうことだろう。ゲートはもう閉めますかと訊くと、まだ五分はだいじょうぶというのでハラハラしながらまたケイタニーにメッセージを送った。感じのいい彼女はなぜか肌の色が褐色で、まるで（ぼくの判断基準では）混血の中南米系にしか見えない（「混血」とは便宜的に使ったがそれ自体まるで意味のない言葉で、そろそろ使うのをやめたいとは思っています）。世界的な移動と攪拌の時代、そういう外見のフィンランド人がいることは別にふしぎではないけれど、いったいどういう背景の持ち主なのかと思わずにはいられない。

するとむこうからアジア人の男がドタドタとブーツの音を響かせながら走ってくるのだ。息を切らして。ゲート係の彼女はにっこり笑いながらそのようすを見ているが、その笑顔の陰には「この人はこの便の乗客ではない」という確信があるのが刺さるように伝わってくる。ケイタニーは搭乗券をとり出した、けれどもそこに書かれているゲート番号のみならず、フライト番号も出発時刻もちがうのだ。そこで初めて知った、われわれはそれぞれ別の便を予約していたことを！　なんという間抜けなわれわれ、というか私。ケイタニーはゲートにして数十ヶ所分をドタドタと走ってやってきたが、そのままま元のゲートに帰らなくてはならない。かわいそうなことをした。新品のブーツがことさら輝いて見える。出発はぼくの便のほうが三十分あまり早く、これは左右二列の座席をもつやや小さめのプロペラ機　雑多な乗客。そしてケイタニーの便は、あとで聞くとかなり大きな、観光客を満載したジェット機だったようだ。国内便で北にむかう途中で夜が明け、雪原や針葉樹の森の上に明るい太陽がさしているのが見えた。広大な土地がひろがる。結局、ロヴァニエミ到着の時間はさして変わらず、ぼくらは空港の荷物受け取り所でぶじ再会したのだった。

まだぼんやりしていた。ぼくもスニーカーから、スーツケースの中に入れてあったブーツに履き替えた。さて、どうやって町をめざそうか。路線バスがあるはずだが、時刻表を見るとけっこう三十分ほども待たなくてはならない。一瞬迷った末、タクシーで行くことにした。道路脇の汚れた雪山を避けて車に乗りこみ、ケイタニーが何かフィンランド語でもごもごいうとタクシーはわれわれを街の中心部に連れていってくれた。街までは数キロ、途中で有名な「サンタクロースの村」を示す看板もあった。ケイタニーに感心するのは語学学習の気持ちが旺盛なこと。前回、フィンランドに来てからずっとフィンランド語を自分で勉強していて、いまでは片言で用が足せる。数年前、二年ほど広州に住んだだけで、いまでは中国語翻訳者としても活動している。一方のぼくは、中国でもフィンランドでも英語ですませようとする不心得者、職業は英語教師。せめて「こんにちは」「ありがとう」はどこに行っても土地の言葉を覚えるべきだが、それをなかなか果たさない。反省の気持ちはいつもある。まだこれから、いろいろ学ぶつもりではある。

ロヴァニエミは小さな町で、中心街で降ろしてもらっても朝のいまは閑散としている。開いている店は一軒だけで、そのカフェでコーヒーとシナモンロールを買ってしばらく休む、というか、行き場を失っている。借りたアパートに入れるのは午後から。ぼくにとって隙間時間は基本すべて読書の時間なのでまったく困ることも退屈することもないが、さしあたっての方針として博物館が開いたらまずそこに行き、しばらく見てから宿に行こうということを決めた。

中心街からArktikum（アルクティクム博物館。「北極館」とでも呼ぼうか）までは1キロほど。歩いていった。借りたアパートもその途中にあるので場所を確認できた。思ったよりぜんぜん寒くなくて、気温はせいぜい零下3、4℃。スーツケースを忠犬のように連れて歩くのは道が平坦なかぎり別に大したことではないけれど、博物館のエントランスにむかうトり坂にはちょっと困った。道路が乾いていればまったくなんということもないなだらかなスロープでも、凍結した上に雪が降って人が誰も通っていない状態だと、よほど気をつけて歩かないと真剣にすべる。そり遊びをしにきたわけじゃないんだよ、とひとりごとをいいながら歩くが、オッ、と声をあげそうになったことが二度ばかり。すべってころんでオーイタ県はごめんだよ。靴底がしっかりした冬用ブーツでもそうなのだ。この危険な雪道歩きには結局あんなに気をつけていたのに痛い目に遭うことになり、翌日、完全に平坦な道でつるりとすべって転んで手をついた拍子に右の掌を強く打ち、数日は右手に力を入れられない状態がつづいた。

博物館は充実していた。歴史部門、人類学・民俗学部門、自然部門が大雑把に分かれていて、どれも興味深い。専用のホールで大スクリーンに映し出された、北の土地の自然をめぐる映像もよかった。北に「大自然」が残るのは北半球全体の傾向だが、それにはもちろん北の冬のきびしさが人間の居住と開発にとって大きな障壁になっていることが関係しているだろう。われわれが「自然」と対立したものとして考えるのは「人工」世界であり、都市という人工空間が大きければ大きいほど自然が圧迫されて感じられるのはあたりまえのことだ。逆にいえば、ヒトがなかなか足を踏み入れられないところが広ければ広いほど、自然そのものがその本来の姿において「大きく」感じられる。

そのとき鍵を握る要素は「水」だとも思う。水は土地を浄化し、地表のいろいろな痕跡を消す。北といえば雪の土地で、雪とは水が地表に滞在するための独特のやり方なので、冬とはいわば北の大地の全体がうっすらと姿を変えた湖になっているという現象のことでもある。そのようにして雪としてたっぷり貯えられた水が春になると一気に動きはじめ、流動し、光と熱を得て、土地の生命のすべてを育てる。この動きの激しさが北でははっきりと感じられ(そもそも一日あたりの日照時間の変化がびっくりするくらい大きい)、映像という圧縮されたかたちで四季の変化を見せられると、目をみはることの連続になる。

Arktikumの一角は「ラップランド地方博物館」と呼ばれている。先住民の人々の衣装、生活様式の再現、土地の動物たちの剝製、こうしたものはもちろんどれもおもしろい。展示は人間の歴史も再現していて、この地方の初期(人間の歴史にとっての)に活動していた土地の猟師たち、かれらから毛皮を買いつけていた商人のようすなどが、等身大の人形を使って構成されている。古い写真も興味深く、おそらく二十世紀初めのころか、立派な角をもつとなかいを飼い慣らして歩いているようすが楽しい。農作業ではないし、何をしているのかな。別の写真ではとなかいの群れが一列になって湖畔を歩いている。そのほのぼのとした雰囲気もすばらしい。さらに別の写真ではとなかい競走。これらの写真は古い写真らしくすべて白黒で、白黒で把握された世界ならではの温かみがじんわりと伝わってくるのだが、この感覚は世代的なものなのだろうか。白黒写真へのノスタルジアは、銀塩写真の時代が遠くなればなるだけ失われていくのかもしれない。いや、すでにデジタル・ネイティヴ世代以後の若者たちには最初から存在しない感覚なのかもしれない。

いま「ラップランド」といったが、この呼び名は南のほうに住む主流のヨーロッパ人から見た呼び名で、ノルウェー、フィンランド、スウェーデンといった国のちがいはあっても共通して、北のほうに住む、遅れた連中、野蛮なやつらという意味合いがつきまとっていたようだ。しかし当の北の先住民たちはサーミあるいはサーメとみずからを呼んできた（いくつかの方言グループが国境をまたいで住んでいる）。もう十年以上前になるが、友人の写真家・津田直《なお》がこの地方のとなかい集めを主題とした写真集を出したとき、そのタイトルは『SAMELAND』だった（その本にぼくは短い津田直論を寄稿した）。いまではわれわれはラップランドのことをサーミランド（あるいはかれら自身が呼ぶようにサプミ）と呼ぶべきだろう。以後、そのように呼ぶことにします。また、ぼくがとなかいをトナカイや馴鹿でなくとなかいと書くことに疑問を抱く人もいるかもしれません。なぜとなかいと書くかというと、それは日本語の文中で目立たないようにするためです。野生動物はどんなときにも、できるだけ目立たないように配慮しながらなんとか生き延びようとしているのではないでしょうか。あるときとなかいは文字としてページにこっそりまぎれこんでときどきその木陰からとなかいとなかい見えるかい聞こえるかいと呪文をとなえるようにささやきを送ってくるかもしれません。

さらにおもしろいのは古い地図、そして初期のラップ人（つまりサーミ人）たちの習俗を描いた絵で、探検家や宣教師とその周辺の絵師たちの仕事なのかもしれないが、なかなか奇想天外で笑える。細部がおもしろい。

むこうのほうにとなかいの首につけた紐を引いて歩いている男がいる。

そのとなかいに引かせた橇《そり》に、足を暖かく毛布にくるんで乗っている人もいる。

貂《てん》のような小動物の毛皮をいくつかもって列をつくり、屋外に設えた机にすわって帳簿をつけている毛皮商人にそれらを買ってもらおうとする猟師たちがいる。

アメリカインディアンのティピー（円形テント）を思わせる、ただし木材を円錐形に組み合わせた移動式（と思われる）小屋は、中で焚き火をたいている。小屋の上は開口部になっているのか、そこから煙が上がっている。

たらいのようなものを手にして跪《ひざまず》いている女性にむかって、後ろ足で立ち上がったとなかいがじゃれかかっている。攻撃なのか、遊びなのか。わからない。

巨大な太鼓なのか、屋外用の円卓なのか、男三人がそれを囲んですわり、二人はその円形の物に掌を置き、一人は長いパイプを吸っている。しかしパイプは先端を高く掲げているのが吸うには不自然なので、あるいはパイプではなくそれは笛か何かなのかもしれない。

それよりは小さな太鼓ないしは円卓（どうにも決め難い）に、跪いたまま頭をつっこんでいる人がいる。その太鼓を、牛のような角が二本生えた帽子をかぶった男がすわったまま両手で叩いている（か、ただ両手をその天板に置いている）。じつに謎めいている。

となかいが一頭、仰向けに寝かされ両手両脚をだらりと天にむけている。女の人がとなかいの腰をつかむようにしながら、その股に顔をうずめている。クンニリングスをしているわけではないだろうが、あまりに不自然な姿勢。何かの呪術？　治療？

その人にむかって、新しいとなかいを連れてこようとする男がいる。

木製のごく小さな小屋に、裸の人間が入れられている。両手で陰部をかくしながら。罪人なのだろうか。わからない。

少し離れたところには木の柵が設けられ、大人がひとりと子供が三人、全員はだかで入れられ所在なさそうに立っている。まったくもって意味がわからない。

王冠を頭に載せた国王か女王（性別不詳）、そのそばに従者たち、そのそばになぜか抱擁し合う髭面の男二人。接吻しているのかと思わせる顔の近さ。

はしご五段分を使って登る木の台の上に、髑髏《どくろ》というよりは頭と顔の皮だけ剝いだような、お化けのお面のようなものが、三つ並べられている。じつにわからない。

地面に置かれたたらいを中心に、男、女、子供（？）の三人家族がしゃがみこみ、たらいに手を入れているような仕草。あるいはお湯に手を浸しているのか。

顔の部分が開いた木の桶のようなものに赤ちゃんを入れている。母親らしい女性がそれに手を添えている。ゆりかご？　実用的な感じがしてほほえましいともいえる。

女の子。牝のとなかいのおなかの下で跪き、おそらく乳首に直接口をつけてそのお乳を飲んでいる。

記録のつもりで描かれたであろうこれらの習俗の絵は、ヨーロッパ中世の民衆絵画の妙に平面的な人物たちとおなじ空間に住んでいて、現実を見たのか話を聞いて描いたのかもわからないが、不思議な説得力でかれらラップ人という「野蛮人」の生活を伝えている。現在のサーミランドにそんな暮らしぶりがあるとは、とても思えない。でも赤ちゃん桶とかとなかいのお乳の直飲《じか》みとかはいかにもあったように思えるし、それを「野蛮」ともまったく思わない。これらの絵が現在のサーミランドについて何かを教えてくれるとは思わないけれど、いよいよ旺盛な興味が湧いてくるのはたしかだ。

こうしてひとしきり博物館で遊んだ／学んだあと、やっとアパートへ。ここはすばらしかった。北欧らしいというか、飾り気のない単純なデザインだが広くて清潔。必要なものはすべてそろっている。羽田で飛行機に乗って以来、ちゃんと体を伸ばして横になっていないので、しばし昼寝する。重力からの休憩。こういうときは足をあげるのがいい。必ずむくんでいるから。ぼくがベッドルームを使わせてもらい小島くんはリヴィングルームのソノファベッドだが、ソファベッドといってもじゅうぶんセミダブルベッドくらいの広さになる。休息をとったあと、ロヴァニエミの街歩きに出た。

川沿いの街だ。雪に覆われた川沿いの道をしばし歩く。犬を散歩している人、数人。まったく寒くない。灰色の曇り空には曇り空ならではのやさしい明るさがあって、いいものだ。橋の下にはかわいい犬（ハスキー）のグラフィティ、それから古い教会のところまで歩き、図書館へ。図書館の本はさすがにほとんどフィンランド語で、まるでわからない。わずかな英語の本をぱらぱら見て、おしまい。しかし興味深い写真集などがあった。それからスーパーマーケットに寄った。スーパーマーケットは一種の図書館で、読めようが読めまいが、おびただしい文字にさらされることになる。しかも多くの場合、実物があり、またラベルその他のイメージとともに言語が示されるので、つねに解読の楽しみがある。魚売り場で巨大なスモークサーモンの半身を見かけ、ついふらふらと買い求めてしまった。300グラム、スライスしてちょうだい。愛想のいい太ったおっちゃん（といってもぼくより歳下にちがいない）が見事な包丁さばきでスライスしてくれた。イクラの瓶詰めもある。これもつい購入し、あとは茶色いパンと玉ねぎとトマト、そしてビールを買って部屋に戻った。その晩はサーモンとパンと玉ねぎとトマトとイクラで、なんとも単純明快で贅沢な夕食をとった。

湖畔の村、イナリ

翌日はまたArktikumに行き、ロヴァニエミ中心街も改めてのんびりと見たあと、わざとおそい時間に中華料理店でお昼を食べた。だいたい世界中のどこにいってもぼくは中華料理店に入ることが多い。肉料理と野菜料理、スープ、そして白ごはんで、二人分にはじゅうぶん以上だ。肉はフィンランドだけにとなかい肉を使った炒めもの。野菜は、何を頼んだか忘れたが、ごくありきたりな青菜のにんにく炒め、スープは卵スープ（英語ならegg drop soupと呼ぶもの）といったところか。なんの珍しさもないが、うまいし落ち着くならそれがいちばんいい。それからしばらくして夕闇が迫るころ、歩いてバスターミナルにむかった。

これからイナリをめざす。北にむかう長い路線バスのターミナルだが、暗い。外かどんどん暗くなるのに、電気をつけてくれない。そもそも係員がひとりもいない。ぽつぽつと集まってくる乗客たちはおとなしく待っている。白人の若いカップルが連れた赤ちゃんもすやすや眠っている。中国人らしい若者のグループがやってきて、建物内のトイレを使おうとするが鍵がかかっていて開かない。このターミナルは使われているのかと心配になるが、まもなくバスが来て、一行は乗りこんでいく。大型バスにはトイレがあるからかれらが困ることはないだろう。ぼくらが乗るべきバスも時間通りに来て、そのおなかにスーツケースを預けて座席に落ちつくころにはすでに夕闇は夜に変わった。まったく明かりのないバスターミナルはものさびしかったが、少なくともバスは力強く息づいているのがうれしい。機械か生きていると感じられるとき、それはほんとうに生きているのだ。やがて出発した。

乗り物の振動には睡眠導入効果があり、いつのまにか眠りこんでいた。気づくと森の中を走っている。対向二車線の道路はひたすら伸びるが街路灯はなくどこにも村はおろか家もない。暗い、背が高い森の中を、ただこのバスだけがひたすら走っているようだ。ときおり道路の一方の側に湖らしい白いひろがりがうっすらとわかるので、おそらくこのあたりは湖の連鎖する地形で、その湖岸に道路が拓かれているのだろうと推測する。バス自身のヘッドライトでわかる雪道を走るうちに、バス停はおろかまったくなんの標識もなく人家もないところでバスが停車し、さきほどの赤ちゃん連れのカップルが降りていった。バスの腹から大きなバックパックを出してもらって、赤ちゃんを抱いたままそれを背負い、そこに立っている。森に入ってゆく側道も、判断できるかぎりではない。われわれにはわからない目印がそこにあって、誰かが車で迎えに来てくれるのかとは思うが確信はもてない。ともあれかれらをそこで捨て子にするかのようにして無慈悲なわれわれはふたたび走りはじめ、また夜の森と湖のあいだを黙りこくって進んでいく。

イナリはサーミランドの最大都市だ。いや、都市ではないな、村だ。人口は数百人程度だと思われるが、つねにそれ以上の数の観光客がいるのではないだろうか。日本人はまず100%、イナリの名を聞けば「稲荷」を思い、きつねの姿をした眷属《けんぞく》か、揚げた豆腐を甘く煮たものの中に酢と砂糖であえたお米をつめた独特な料理を思い浮かべることになるが、もちろんこの土地はそれらとは関係ない。夜のバスが着いたのはフルサイズのスーパーマーケットの前。ここにガソリンスタンドもあり、道路をわたったところにわれわれが泊まるホテル・イナリがある。「稲荷軒」とでも呼ぼうか。チェックインしたのが午後9時の間際で、稲荷軒のレストランもバーもその時間で閉まるといわれ、食事をとることは瞬間で断念した。ぼくはいうまでもなく食べることは好きだが、あきらめるのも早い。一食くらい抜いたからといって、別になんの不満もない。それでもせめてビールが欲しいと思ってバーの若い男にいうと「もう会計を閉めた」と冷たい答えが帰ってきたが、中年女性のウェイトレスがそれをさえぎり、バーでは飲めないけれど部屋で飲むならいいわよといって、荷物を運ぶわれわれと一緒にいったん屋外に出て別の入り口から入る部屋にビール二本を運んでくれた。ビールを載せたトレイを運ぶまえに彼女が半袖の上からさっとコートを着たのが印象的だった。気風のいい動作だ。室内はじゅうぶん暖かいので、動き回る仕事の人たちは半袖で平気なのだ。

稲荷軒がくれた部屋は、どういう都合でかアップグレードしてくれたロフト付きの部屋で、ドアを開けるとまずそこはブーツとコートを脱ぐための小さな玄関部屋になっている。もうひとつのドアを開けたところからが寝室。ぼくが下のベッドを、ケイタニーがロフトにあるベッドを使うことになった。じゅうぶん快適、というか、ほぼパラダイス。おめでとう。小さなテーブルでともかくビールを飲みながら、明日の相談をする。博物館に行くよね。それが最大の目的だ。文化センターも。そっちは規模がわからない。しかし先住民文化を「国民的」文化遺産へとくりこみ大切にするのは全世界的な傾向で、とりわけ博物館は（たとえ観光くさくても）相当に期待できる。

明日の予定が決まったならそのまま寝てもよかったが、新しい土地に来てそうそうおとなしくしていられる犬（＝一人称）ではない。外に出ることにした。気温はたしかに零下のひと桁だが、寒さはまったく感じない。ホテルの建物の裏手に木立があり小径があるようなので、それをたどっていく。暗く大きな曇り空がわれわれの頭上に神のマントのように立ちはだかっている。少し行くと、いきなりズボッとすねまで雪に埋もれてしまった。ああ、やっちゃった。甘く見ていたが雪はかなりの深さでつもっていて、しかもこの気温では表面まで固く氷結しているわけではない。それからは用心して小径の踏み固められたところだけを選んで歩くようにしたが、そこまで多くの人が歩いたわけではないようで、一見固まっているところでもすぐにパイの表皮のような部分を踏み抜いてしまう。だが前方を見ると50メートルほど先のあたりに数人の人がいて北の空を見上げているのがわかる程度には目が慣れてきた。

ここはすでにオーロラの土地。極光見物が目的でやってくる人もいるスポットだ。ホテルが建っているのは高台で、やや見下ろす目の前の広大な雪原がイナリ湖。相当に広いが、いうまでもなくすべて凍結している。そこに集まって空を見上げている人たちに近づくと、どうやら全員アジア人。中国人のグループのようだった。

ラテン語でいえばアウロラ・ボレアリス、英語でいえばノーザン・ライツ。見られるものなら、もちろん見たい。ここイナリ湖はオーロラ観測にはいいらしいが、あいにく今夜はべったり曇っていて、どうしようもない。雲の上で光の大パーティーがくりひろげられているとしても、窺うことすらできない。これからさらに北にむかうわけだから、まだチャンスはいくらでもあるはず。空の光が見えなくても、この地上のぼんやりとした白みだけでもじゅうぶん胸が高鳴る。いや、実際に音を発するわけではないけれど、自分ではなく動植物でさえない、それよりもはるかに大きい、この湖の振動のようなものが体に押し寄せてくる気がする。

「いいねえ」とぼくはケイタニーにいった。

「いいですねえ」と彼は答えた。

何もないといえば何もないが、すべてがありのままに、そこにある。一瞬、深夜の湖面にまで降りていこうかという気になったが、どこに道がついているのかわからないし、雪をランダムに歩いていくとどこでまたブーツがずぼりとはまりこむかわからないので、やめておいた。今夜のところは部屋に戻って明日にそなえることにしよう。


その明日がやってきて開館に合わせてSIIDA《シイタ》にむかった。「サーミ博物館」のことだ。ホテルからは1キロ足らず、幹線道路を村はずれまで歩いていったところにある。昼間に見ると湖の広さ、対岸の森など、すべてがよく見える。歩道は凍っていて歩くのにはそれなりに気をつけなくてならない。途中で橋をわたりながら、冬景色の中に夏の風景を想像した。

Siidaとはサーミ語で「場所」を意味する単語らしい。国立博物館だ。各地の博物館にときどきあるかたちだが、自然部門と人文部門に展示が分かれている。自然部門は地学・気象学から生物学・生態学まで、人文部門は人類学・民俗学・言語学・歴史学、まさに「博物」というか諸学の連係ぶりが、そのまま展示構成されている。すべてが興味深く、巨大な書物を読むように、この整理されたきれいな展示室をいつまでもさまよっていたくなる。なお、サーミ語は先住民言語だが、フィンランド語（スオミ語）と同系統の言葉。フィン＝ウゴル語族に属する。「先住民」というカテゴリー化自体が、あくまでも歴史的・政治的・経済的なものであり、線引きのできない連続性も交渉もつねにあったと考えるべきだろう。

　サーミの民族衣装が、まず目を引いた。鮮やかな濃いブルーの地に赤の紋様があしらわれて、たとえば袖口、たとえば首まわりや胸を彩っている。赤にはさらに細かいパターンがついていて、これが家系を表したりもするらしい。リボン状の赤にほどこされるのは白や黄色や黒の波線。おしゃれだな。花なのか星なのか、小さな円形の紋様も並んでいる。しかしいちばんの基本は、やはりブルーと赤の対照だろう。一年の長い長い部分をしめる夜の国、その空の底を見つめるようなブルー。そしてその対極にある希望としての光、日の出と日没の太陽の燃えるような赤。衣装を見ることが、そのままで大地を感得することにつながる。

　人間にも増してぼくが興味を引かれるのはヒト以外の動物で、博物館がどこも動物たちの死体博覧会場になっているのは悲しいことだが、これらの実物があるかないかでは大違いだ。一頭ずつ、一羽ずつのかれらに心で話しかけなむあみだぶつと唱えながら、その姿かたちをよく見せてもらう。熊がいた。出産を終えたばかりの雌熊が仰向けに、少し頭をもたげるようにして横たわっている。生まれたばかりの、まだ赤裸《あかはだか》のねずみのような子熊が二頭、おかあさんのおなかによじのぼったところだ。すでに死んでいるかれらに話しかけ、話しかけることがアニメーション（生命付与）の行為になるようなつもりでいる。きみはばかげていると笑うかもしれない。しかし他の種の生命を感知し、死後の生存（ないしはその名残）を信じ、自分の祈りによって生命をいくらかでも取り戻すことができるかもしれないと考えるのは、むしろ人類史の伝統だ。アニミズムは容易には死なない、死ねない。あるいは純白の、あまりにも美しいきつね。展示ケースに雪景色が再現されて、そこで死後の生活を送ることになった。左の前脚をそっと上げ、ほら、獲物を狙っている。北極圏の暮らしはどれほどきびしいことかと思うが、ごく少ない個体数で、きつねたちは生き延びる。

北極狐の学名は *Vulpes lagopus* という。Fennoscandia（つまりスカンジナヴィア半島のフィンランド領内か）では非常に稀で、フィンランドのラップランドの fells（高緯度地方の大きな樹木のない荒涼とした原野）で目撃される北極狐は近隣国つまりノルウェーおよびスウェーデンからのお客さんだとか。しかしきつねに国境は関係ないので、fells の風土が連続するかぎりかれらはどこにでも生存を探ることだろう。この一帯で、成獣は三百頭だという。土地のしずかな広大さを思うとあまりにも少ないが、それ以上に増えることのできない食料事情のきびしさがあるのだろう。それでもかれらがいてくれることはなんと美しくありがたいことか。この小さな美しい体が風景のどこかに潜んでいると、想像できることの楽しさ。

午後は凍結した湖の上を歩きにいくことにした。こうして見ていても実感はもてないが、イナリ湖はフィンランドで三番めの大きさの湖なのだそうだ。湖面の面積は１０００平方キロを超えるという。ちなみに琵琶湖は670キロ平方メートル。また深さは平均で15メートルしかないらしい。琵琶湖は平均41メートル。いま湖を感じさせるものは完璧な平坦さだけで、あとはぼくらの感覚では「雪原」以外のものではない。すでに歩いている人もかなりいるし（しかしこの広さの中に数人がちりばめられていても感覚的には無人に等しい）道ができているのがありがたいといえばありがたい。何が道を作った？　スノーモービルだ。

　スノーモービルはうるさい。あまり好きではない。だがこの地方で生活するとき圧倒的に便利なことはよくわかる。道がないところを道として使う。夏場には行手をはばむ湖や川が、冬にはすべて通路として使える。スノーモービルはあきれるほど力強くどこにでも行けるので、行動範囲が飛躍的にひろがる。車用の舗装道路は、スノーモービルの自由度から見るとあまりに限定された線しか確保していない。スノーモービルは面を自由自在に道として使える。笑えるのは、夏にはただの湖であるような水平な地表面に、冬だけの標識が立てられ大雑把に地名と方向を教えているところ。まるであっちに行けばジャカルタです、こっちに行けばホノルルです、とでもいうようなもの。積もった雪よりはさすがに先人の轍《わだち》（？）を行くほうがスピードも出るのだろう、自然発生的にできた雪原の道がよく固められ季節限定的高速道路となっている。これがあれば、通常の自動車道路で行くよりもはるかに時間が短縮できるにちがいない。このあたりにはいないが、もっと北の土地に住む、かつては大ぞりで狩猟旅行に出ていたようなイヌイットの猟師たちが、いまはもっぱらスノーモービルで移動しているのもむりはない。

われわれには乗り物はないので雪わたりのようにぽつぽつと歩いて湖が姿を変えた雪原をわたってみる。途中に岩が人の背より少し低いくらいの高さで露出しているところがある。黒っぽい色で、太陽の熱を集めるせいか雪が溶け岩の周囲だけ少しすきまができている。側面に苔が生え、これにはとなかいがやってくるのかもしれないと思った。夏にはこの岩はあたかも湖面から生えているように見えるのだろうか。この地方でも岩は聖なる岩と考えられ、日本で考えられる磐座《いわくら》にも似たかたちでカミがいます場所と思われるのだろうか。サーミの自然信仰については、聖地とされる場所を含めて、いろいろ知りたいところだ。

ミルチャ・エリアーデ編の『宗教百科事典』によると、狩猟民族としてのサーミの祭儀の中心には動物たちとその供儀がある。おもしろいのは動物たちにはhaldi（支配者）がいること。仮にカミと考えておくが、あらゆる動物、場所、湖などにはそれぞれのhaldiがいて、人間は捧げものをして尊敬の意をしめさなくてはならない。アイヌのカムイとも通じる考え方だろう。動物たちの中でももっともパワフルな存在は熊で、これは環北極圏ではどこでも。したがって熊狩りはとりわけ念入りに準備され、そのための歌とともに行われる。歌の内容は、あなたを傷つけ痛い目に合わせるつもりではないのだ、というものから、露骨な責任転嫁というか「あなたが死ぬことになったのはスウェーデン、ドイツ、イングランドといった国々からきた外国人たちのせいだ」というものまであったらしい！　つまりは新作もつねにつくられていたわけか。

狩られた熊の肉は男たちによって用意されkota（狩猟テント）のboassio-raikie（聖なる裏口）から運びこまれる。中では女たちが正装して待っていて、肉が入ってくるときハンノキの樹皮を噛んでは唾を吐く。これはおそらく清めの儀式だ。肉をすべていただいた後、熊の骨はもともと熊の体にあったとおりの位置に並べられ、埋葬される。これで熊のための適切な弔いが果たされたことになり、その熊が熊のカミにそれを報告してくれるので、また次の狩猟もうまくいくと考えられた。これもやはりアイヌの熊送り（イヨマンテ）に似たところがあるように思う。

湖にあったような岩は、おそらくseiteだったのかもしれない。それはpasse（「聖なる」という形容詞）と見なされるところにぽつんと立っている自然の岩で、供儀が行われる場所だ。異様な外観の崖、あるいは山がまるごとひとつ、seiteであると考えられることもある。それにどのような意味がこめられているのかがよくわかっているわけではないが、seiteがとなかいの移動ルートに沿って点在していて、となかいを連れた旅の幸運を祈ってそれぞれの場所で供儀が行われたとされているようだ。湖にあるseiteでは、その湖での魚取りがうまくいくことも願われた。

「小島くん、イナリ湖に島がいくつあると思う？」とぼくは突然訊いてみた。

「え、どうでしょう。百くらいかなあ」

「ざんねんでした。三千以上だって」

「え、そんなに！」と小島くんは驚いたが、こんな問いに答えられる人がいるはずがない。ぼくもたったいままで思ってもみなかった。いま読んでいるのはイナリ湖を主題とする写真集（Pertti Turunen and Seppo Saraspää. *Inarijärvi.* Oy Amanita Ltd., 2009）で、写真の説明（ぼくが買った版では英、日、ロシアの三言語併記）を読むと知らないことばかりで非常におもしろい。

「海岸線が3000キロだってさ。しかも周囲の土地が国有地なので原生林がよく守られているんだって。熊がいるし、狼もwolverineもいる。ロシアから来るんだ。レミングの群れが出る年もあるらしい」

こんなふうに受け売りを平気で話せるのは教師の職業上の悪癖か。小島くんは寛大にも「へえ」と感心して聞いてくれる。「ウルヴァリンてあれですよね、くずり」

「あ、そうだっけ。凶暴なやつ」

「中型犬くらいしかないのに鹿を平気で倒すし、熊も怖がらないらしいですね」

冬のいま、そうした野生動物に出会うことはないだろうが、この近くにもそんな動物たちがいると思うと、また目が覚める。

地質学・地形学にも無知でいけないが、トゥントゥリ（なだらかな山並み）と無数の湖がつづき、湖にはたくさんの島や岩が散らばっているこの地方の魅力は、すでに想像から現実に変わりつつあるところだ。

日常生活の想像力には入ってこないけれど、われわれは基本的に最終氷河期後の風景の中で生きている。アラスカに行ったとき、はじめてそれを実感した。イナリ湖も例外ではない。どういうことか。九千年前に、これまでで最後の氷河期が終わり地表を覆いつくしていた分厚い氷が北東へと退いていった。すると断層に沿って北極海が侵入し、狭くて長い湾ができたのだと思う。氷がなくなると、長い年月氷の重みに耐えていた地面がリバウンドをはじめる。隆起する。この隆起によって北極海から遮断された水が、現在の湖になっているわけだ。氷河が消えていった歴史は、残された堆積物や岩石から跡づけることができる。そしてこの隆起は、じつはスカンディナヴィア半島や北アメリカのハドソン湾周辺ではいまもつづいているらしい。いったいどれだけの重さの氷が、かつてここにあったのか。

こうして湖の地形を見るだけで、まったくちがった尺度で時間を考えるようになる。しかも、リアルに。岩の手触りをもって。自分が生きている時代のことしか知らない考えないというのでは、地球に暮らす意味のほとんどをまるで意識せずにやってきてはどこかに帰ってゆく、宇宙的なヒッチハイカーでしかないのではないか。「自分」という枠を超えていくためには、まず地形を見ることだ。

イナリ村もまた極夜つまり冬には太陽がまったく昇らない夜がつづく土地だ。二〇一一年から一二年の例をあげるなら十二月四日から一月八日までの三十六日間、夜がつづいたという。真っ暗な夜々が、やがて白みはじめ、やがて朝焼けの茜色が空に見える日がやってきて、やがて一月九日に太陽のまっすぐな光がはじめて戻ってくる。そんな感じなんだろうか。その一年の最初の陽光は、いつか体験してみたいところだ。われわれはこれからさらに北をめざす。極夜の日数が、ウツヨキでは五十二日、ヌオルガムでは五十四日に達する。そう思うだけで気持ちがひきしまる。そして忘れてはいけないのは、冬の極夜とちょうどおなじ長さ、夏には太陽が沈まない白夜がつづくこと。この極端なコントラストは、人々の心にいったい何を感じさせるのだろう。

　博物館ではいくつも新しいサーミ語の単語を教わったが、ふたつだけあげておこう。まず noaidi だ。ここもまたユーラシア大陸のシャーマニズムの土地。この単語はシャーマンをさす。シャーマンは皮張りの太鼓をたたいてその単調なリズムを使って意識の変性状態に入ってゆく。夢を見ているのか、憑依されているのか、昏睡しているのか。いずれにせよ自分ではコントロールが効かなくなった、現実世界における徹底的な受け身の状態か、シャーマンにとってはもっとも意識活動の高まった状態なのだ。シャーマンは動物の守護霊をもつ。それは鮭 sájvaguolli だったり鳥 sájvaloddi だったり。このふたつの単語が類似していることの意味を知りたいが（魚と鳥に連続性を見ている？）まだ調べがついていない。シャーマンは鹿に姿を変えるし、鹿の蹄《ひづめ》の下に身を隠して旅することもある。風になり木々の梢の上を飛ぶこともあるし、地下に潜ってゆくこともある。そんな旅＝仕事によりシャーマンがめざすのはこの世界のバランスの回復、なぜならすべての失調はバランスの崩れから来るのだから。シャーマンの姿勢は利己主義の対極で、ドラミングにはじまるその仕事のすべては共同体のためになされる。たとえそのために自分がどんな危機にさらされることになっても。

ついでbirgetという単語も覚えておきたい。これは英語のsurvivalにあたるそうだが、何よりも苦境に打ちひしがれたところから立ち直る力を意味するらしい。生活に何か良くない方向の変化が起きたとき、それに冷静に対処できるよう心構えをつくっておくこと。それはまた創造性というか創意工夫でもあって、たとえばとなかいのすべてを余すところなく使うこともそれに含まれる。橇をひかせ、もちろん肉を食べ、毛皮を衣服にする。そうしたすべてだ。極北のきびしい自然の中で生存を確保するには、どんな時にも慌ててはならない、何かをしようと思ったら急がず焦らずゆっくり取り組まなくてはならない。それもまた生きるための秘訣なのだと、かれらは考える。

交通のハブとしてのイナリ村は、いわば現代社会の端末で、ここではわれわれはバスによって都会とつながり、スーパーマーケットにより商品社会につながっている。ここでは博物館は微妙な位置にあるといえるかもしれない。博物館に収められたとたん、いろいろな物も知識も「かつてあった、でもすでにない」もののように思われがちだ。ちょうど動物たちの剝製が「かつて生きていた、いま死んでいます」と無言で宣言しているように。それはある程度は正しい。でも何も知らない者としてこの土地を訪れるわれわれに、魔法の窓ガラスあるいは扉としてかつてあった風景を想像させてくれる、その最大の手がかりを与えてくれるのも博物館だ。そこにはまた過去だけではなく、現在するものの現在もある。

最近もうひとつ気になっているのが、人類学的記録の意味がいつからか根本的に変質しているのではないかということだ。西欧の人類学者たちは十九世紀以来、さまざまな土地の民族誌を書いてきた。記録された生活や習俗には、すでに失われたもの、わからなくなったことも多いにちがいない。それらを、かつては調査対象だった民族のみなさんが、たとえば百年前の記録を手がかりに再構築する。つくり直す、やり直す。新しい伝統が生まれる。それはかつての村の実践とは異なっているかもしれないが、時代が変わり世界が変われば、生活もお祭りも変わるのは当然だろう。いったん完全に途絶えたとしても、そこに十分な数の人々が関わって努力をつぎこめば、新しい伝統はつねに生まれうる。実際、現代日本のお祭りや踊りだって、長いあいだ中断されていたものがあるとき復活して、いま根づきなおしているという例が各地にあると思う。日本のみならず、世界各地に。そんな再創造＝想像には、外部からやってきてある文化を記録した人類学者たちの仕事が、ある程度まで役に立つ。

ところで土着の伝統の復活こそ、現在の最大の課題だとぼくは思っている。それが「二十世紀の最大の課題だ」と二十世紀のあいだいいつづけて、そのままなす術もなく二十一世紀になり、まだおなじことをいいつづけて、あいかわらずなす術はない。口でいうだけではダメだといわれれば、そのとおり。しかしいわなくなったら、それこそおしまいだろう。われわれの社会＝文化の恐ろしいかぎりの記憶喪失に抗して、いつまでもいいつづけるしかない。

イナリ湖地域に暮らすサーミの人々が興味深いのは、言語的に他のグループとはかなりちがうらしいという点だ。どうちがうのかはぼくには計り知れないが、その理由のひとつがライフスタイルというか生業のちがいに関わっていることはまちがいなさそうだ。

イナリ・サーミは人口にすると七百人から九百人、イナリ・サーミ語の話者は三百人から四百人だと、ウィキペディアは記している。かれらは何よりも漁撈と狩猟によって生計を立ててきた。まさにこの湖と周辺の森に、かれらの生命のすべてがかかっていたわけだろう。

ふと、この冬の湖で氷に穴をあけ、その穴を使って魚を釣っている漁師の姿を想像した。昨年の秋から冬にかけて暮らしたミネソタ州では、そのようなアイス・フィッシングは非常に人気のある冬の遊びだ。ぼくはやったことはなくて写真でしか知らない。身を隠せる小さなテントを持参して、氷にあけた穴の上にそれを置き、暖かくし酒を飲みながら魚がかかるのを待つ、という漫画的な遊び。中にはこのシェルターとして本格的な小さな小屋（もちろん移動可能）をもっている人もいるというのだから驚く。遊びではないサーミの漁師は、もっとずっと真剣だろう。機会があれば訊ねてみようか。

「あの、この湖ではどんな魚がとれますか」

「シイッカ、タイメネ、ラウトゥ、ハルユス、ヤルヴィロヒ、ハウキ、アハヴェンあたりだね」

「ああ、さっぱりわかりません」

「Trout, arctic char, the common whitefish, grayling, land-locked salmon, pike, perch ってところかな」

ありがとうございます。魚の名前については写真集『イナリ湖』を参照した。名前を英語に変えられてもわからないのはおなじだが、鱒、北極いわな、ホワイトフィッシュ、グレイリング、やまめ、かわかます、すずき、などなどか。日本語名がちがっていると思ったら、誰か魚釣りの好きなともだちにでも訊いてください。ぼくは釣りはしなかったし、ましてやアイス・フィッシングはせず、イナリ湖の魚を食べる機会もなかった（別の湖の魚はいただきました）。氷穴釣りのことはフィンランド語ではピルッキミネンというらしい。氷点下より水温が下がることのない湖の中は、冬のあいだは一種の魚たちの極楽なのかもしれない。

なぜかノワールなマイクロバスでウツヨキへ

さらに北にむかう。すでに北極圏に入っているが、地図の上でも記される地名が極端に少なくなる。広大なSápmiがひろがる。これはサーミ(Sámi)の人々が自分たちの土地を呼んできた伝統的な名前。アイヌの人々にとってのアイヌモシリにあたるのかもしれない。そこをマイクロバスで進む。泥雪の汚れが白い車体いっぱいについたマイクロバスを運転する男は愛想のかけらもなかった。というのはたぶんこっちの偏見で、「人に会ったら挨拶する、挨摎するときは笑顔で」という価値観を共有しない文化はいくらでもあって当然だ。イナリのスーパーマーケット前で、あの車でいいのかなといぶかりつつ運転手に声をかけたとき、彼は何もいわないばかりかこっちを見ることもなく小さく頷いただけだった。「ウツヨキに行く?」答えず、見ず、うつむき、頷く。英語で話しかけたこっちが悪いともいえる。ともあれスーツケースを後部のトランクに投げ上げ、座席にすわる。乗客はほんの数人だが、ダンボール箱など荷物はかなりある。この秘密はすぐにわかった。

マイクロバスはこの地方の唯一の公共交通機関で、おなじ道を毎日往復しているのだが、乗客を運ぶだけでなく宅配便のような役目も兼ねているのだ。道路沿いでときどき停まり、稀にある店とか公共建築的なところで荷物を下ろしていく。運転手はなかなか忙しい。今日はよく晴れているが道路は凍結しているにちがいなく、しかしかなりスピードを出している。トランプ支持者のような赤いキャップをかぶったまま運転に集中する彼の目を、ぼくは運転席の後方モニター鏡の中に見ている。いまは光にあふれ、人のいない美しい土地を車は走る。心持ちスピードを落としたと思ったら、前方の路上にとなかいがいるのが見えた。一頭はすぐに道路脇に逃げていったが、もう一頭は焦って混乱したのか道路の上をまっすぐ逃げてゆく。車はさらに減速するがこのまま行けばすぐ追いついてしまう。ぼくはアーアーと思わず声を出す。となかいは方向を変えようとして滑って転んだ。これは危ない。われわれはさらに徐行し、となかいが立ち上がってやっと道路から脇の林にむかう小径にかけこむのを見た。

運転手は何を気にするわけでもなく平然とまた速度を上げる。

「あの荷物なんなんだろうね」とぼくはケイタニーに話しかけた。

「なんでしょうね。食品か、家電製品か」

「彼はこの路線の人の生活をぜんぶ把握してるんじゃない？」

「そうかも。毎日いろいろ運んでるんでしょう」

「大きな包みは人間の死体だったりして。そういう処分を請け負ってたりして」

「あはは。それはノワールですね。北欧ノワール」

だが運転手の顔と雰囲気はそれにぴったりなのだ。巨体で、ニコリともしない。薄い灰色の目。ひとことも話さず、着々と業務をこなしている。しかし動作にためらいがなく、自分がやることを完全に把握している。見方によっては頼もしいとも思える。敵意というか、いやいや何かをやらされているというような恨みがましい感じはまったくしない。この冬景色のエッセンスのような道を毎日運転しながら、頭の中では花やかなスペインのバレアレス諸島やカナリア諸島に行くことばかりを夢見ているのかもしれないが、そんな夢が彼の目から道路にカラフルな光線となって投射されていてもわれわれには見えない。だんだんおもしろいやつだなと思えてくる。

途中、正体のわからない小さな建物の前で停まった。運転手はこっちを見て、少し言い淀んだあとで“Fifteen minutes”という。休憩ということなんだろう。しかし外に出る気配も見せないので、われわれも降りることはしない。運転手とわずか三、四名の乗客。ただじっと待っていると時間がすぎ、となかいは姿を見せず、車はまた出発した。決まった間隔と時間の休憩をとることが、たぶん就業規定にあるのではないか。

途中でさらに若い子たちがひとりまたひとりと乗りこんできたのには気づいていた。やがて建物がいくつかまとまったエリアに来たら、この子たちは降りてゆき、そこは学校集合体だった。いまの子たちは中高生だろう。しかし別棟では小学生が遊んでいるし、どうやら幼児もいる。規模は大きくないが、まちがいなくここがこの地方のサーミ学校。その少し先でカフェの駐車場に入ったと思ったら、それがウツヨキのバスステーションも兼ねているのだった。荷物を下ろし、ひとまずカフェに入り、コーヒーとでっかいドーナツを買って席につく。カウンターで働いていた女の子は英語がじょうず（言語にうまいも下手もないが）。小さなテーブルが三つばかり。そこにノワールな運転手も入ってきて地元のおっさんふたりがいたテーブルに加わり、やっと彼はあれで普通の会話ができる普通の男なんだということがわかった。話の内容はわからない。あいかわらず笑顔はないが、それなりに楽しいのだろう。高校生たちを見ていてもそうだが、現代のサーミとスオミ（フィンランド人）はわれわれには外見ではまったく区別がつかない。混血が進行しているのかもしれないが、もともとそこまで形質が異なった集団ではなかったということではないか（もっともサーミとスオミが言語的には似ている部分があっても形質的・人類学的には大きく異なると記されているのも読んだことがあるので、これは印象にすぎない）。となかいを飼ったり狩猟漁撈で生きるサーミのライフスタイルや民族衣装はたしかにちがう、しかし現実生活の面でも服装の面でも、いまはフィンランド社会の主流との明確な差は無くなっているのかもしれない。

村というにも小さすぎるウツヨキ。このバスステーションを兼ねたカフェと、少し先の大きなよろず屋（食品から電気器具、園芸用品、釣り道具、服、なんでもある）、その先を曲がったところ1キロ弱の距離にホテル・ウツヨキがあり、あとは少し離れたところにぽつんと何かの工場。そして見える範囲にごく数軒の住宅がある程度か。北に数百メートルのあたりに川が流れ、それが国境でそのむこうはノルウェーだ。

選択の余地なく、ぼくらはホテル・ウツヨキに落ち着いた。部屋は広く清潔で悪くないし、ラウンジスペースをほぼ独占できる。レストランには簡単な料理しかないが（ハンバーガーとかピッツァとか）眺めは最高で、冬のあいだは雪原になっている湖と周囲の丘陵を展望しながら、のんびりできる。のんびりできるための最大の秘訣は人が少ないということ。たったいまこの建物にいるのは、ホテルのおかみさん、レストランの料理人、アルバイトの高校生みたいな若い男の給仕、宿泊客はわれわれ以外にいるのかいないのか。それだけ。こういう雰囲気は好きだ。

少し落ち着いて、早くも夕方のような空気の中を散歩に出ることにした。完全防寒にしたが気温はせいぜいマイナス8℃くらいで、まったく大したことはない。出発の前に小島くんと服装についてはずいぶん心配した。北欧やアラスカやユーコン・テリトリーを経験している友人たちからの意見もいろいろ聞いていたが、かれらが口をそろえていうのは靴の重要性だった。とにかく長時間立っていると靴底から冷えてくる。濡れたら凍傷覚悟。靴と靴下は良いものにしたほうがいいよ。それで買ったのが、この分野では定番ということになっているらしいSORELのCARIBOUというスノーブーツ。これはびっくりするほど暖かい！　歩きやすいし。どこまでも行こうじゃないか。

ホテルの裏手、丘にむかって歩き、そのままなんとなくできている道をたどってこんどはぐっと下る斜面を降りていった。地形的に川だなと思うとやはりそうで、その先に橋がある。いまは川はすべて凍りそのままスノーモービルにとっての道路として使われているようだ。夏の道路（自動車道路）は線。冬の道路（雪原）は面の上に展開する。しかし面にも地形があり、目的地がある以上（目的地と目的地は相互に呼び合っている）自然発生的に可能な最短距離をむすんだルートができあがる。人間が残していくそんな痕跡、となかいたちの痕跡、北極狐の痕跡。いろいろな種の痕跡の集合として、この土地を見わたすのもおもしろいだろう。動物の足跡は、おそらくとなかいかと思われる大きな足跡がいくつか、うさぎと思われる小さな足跡がいくつか。植物の名前をまるで知らないので報告もできない。これではいけない。反省しつつしばらく歩き、夕方をむかえた。旅は反省を強いる。無知はつづく。

夜も更けてから外に出直した。このあたりはイナリ以上のオーロラ観測地帯なのだ。なだらかな斜面の上まで行ってみるが、あいかわらず一面の曇り空。これではたとえ雲の上で光が乱舞していてもまったく見えそうにない。われわれは歩き、立ち止まった。

「見えそうにないね、今夜は」

「ちょっと雲が多いかな」

「にぎやかな雪降りでもないけれど」

「しーんとしてますね」

明かりはないが風景はぼんやりとわかり、地面は雪の白のおかげではっきりしているので足を踏み外して奈落に落ちる危険もない。「スナップ兄弟」のような犬を連れてはいないが、狼が出ることもここではないだろう。ためしに遠吠えしてみた。答えはない。むかしグランドキャニオンのそばで深夜に遠吠えしてみたところ、あっちでもこっちでもコヨーテたちが答えて大合唱になったことがあった（コヨーテは小型の狼で学名を「歌う犬《カニス・ラトランス》」という）。ここでは犬なく狼なく、月もなく風もなく。しかしすばらしい気分になる。やることは特にない。ぼくはケイタニーに歌をうたってほしいと頼んだ。われわれの朗読劇『銀河鉄道の夜』でもずっと劇中で使ってきた、宮沢賢治作詞作曲の「星めぐりの歌」だ。

あかいめだまのさそり
ひろげた鷲のつばさ

あをいめだまの小いぬ
ひかりのへびのとぐろ
オリオンは高くうたひ
つゆとしもとをおとす

アンドロメダのくもは
さかなのくちのかたち
大ぐまのあしをきたに
五つのばしたところ
小熊のひたひのうへは
そらのめぐりのめあて

この歌をケイタニーはいつも無伴奏でうたうのだが、その独特な声に観客のみなさんが強く感応してしーんとしずまりかえる場を、何度となく体験してきた。ケイタニーの声にはたしかなカリスマ（神の賜物としての特別な力）がある。その声をここ北極圏の深夜に響かせた。誰が聞いているだろうか。ぼくは聞いた。他に人間はいなかった。しかし土地が聞いた。土地が聞いたということの意味は、要するに、ある歌を誰が聞いているかいないかの判断は人間にはできないということだ。ここにある木々も雪の結晶もたしかにケイタニーの歌の振動にさらされ、特に反応しなくてもそれら自身かすかにふるえているかもしれない。確実なのは、この歌を北極圏でうたった最初の人間がケイタニーだろうということ、そしてその事実は作者の賢治さんをよろこばせただろうということ（死者に伝えることができたなら）。歌という現象か行為のすばらしさは、それがうたわれるたびに新たにそこで創造されるということにある。賢治自身はこの北の土地に来ることもなかったけれど、自分の歌という線が延長されてサーミランドに届いたことには、まるで鹿のように小躍りしてもいいくらいの気持ちを覚えたかもしれない。そのような彼の死後を想像するのはもちろんただのファンタジーだ。だがそのファンタジーが、考えや歌の別の布陣を準備することにつながるかもしれないなら、それは意味のないことではない。

ケイタニーの歌に対する返礼のように、ぼくはフランス十九世紀の詩人アルチュール・ランボーの詩を朗誦した。フランス語を学びはじめたとき、半世紀近くまえに暗唱した詩で、それ以来、新しい土地にぶつかり新しい感覚を得るたびに、この詩をその場で唱えてきた。それは呪文みたいなものだが、どんな意味があるのかというと、感謝がそれにもっとも近いと思う。

Sensation (Arthur Rimbaud)

Par les soirs blues d'été, j'irai dans les sentiers,
Picoté par les blés, fouler l'herbe menue.
Rêveur, j'en sentirai la fraîcheur à mes pieds.
Je laisserai le vent baigner ma tête nue.

Je ne parlerai pas, je ne penserai rien.
Mais l'amour infini me montra dans l'âme,
Et j'irai loin, bien loin, comme un bohémien,
Par la Nature, — heureux comme avec une femme.

感覚 （アルチュール・ランボー）

夏の青い夕方、ぼくは小径をゆく
麦にちくちくと刺され、雑草を踏んで。
夢でも見てるんだね、草は足にひんやり、

帽子をかぶらず、髪を風に洗わせて。
何も話さず、何も考えない。
でも無限の愛が魂にこみあげて、
遠くまで行くんだ、ずっと遠くへ、ジプシーみたいに。
〈自然〉の中を。女といるようにしあわせに。

夏の夕方の出発を夢想する少年の詩（作者はこのとき十六歳）を、このウツヨキの浮世の雪の底の深夜に声に出して唱えるのもバカげているが、もっとバカげたことはこの世にあふれているし、感覚を全開にしてただ〈自然〉への「出発」をめざすこの詩がもつ誘惑と鼓舞の力は、われわれに力を与えるものでありうるだろう。そもそもわれわれの旅は愚行、ただしその愚行の果てに何をつかみとるかによってその後の人生が大きく変わってくるような愚行だ。そして誰のどんな人生もそれ自体として孤立していることはけっしてなく、他の人間たち、他のすべての生命たちとの複雑な絡み合いにおいて、ひとりの人生の小さな愚行はたしかに世界を別の方向にむかわせる原動力にもなるだろう。

雪歩き、橇遊び

次の日は古い教会を見物に行った。カフェにたむろしていたおっさんたちのひとりがウッヨキでただひとりのタクシーの運転手で、彼の車でむかい、そこで降ろしてもらった。すでにマイクロバスで通ってきた道の途中にあった石造りの教会。この地方の「ラップ人」への布教のために一八五〇年ごろに建てられたフィンランド最北の教会であると同時にEU最北の教会でもあるという。そこで車を降りたのはいいがこの季節、草の斜面を登って教会にむかう、いちおう横木が並べられた木の段にはほとんど通る人もいないのか、ブーツがすっぽり埋もれるほどの深さの雪を踏みしめつつ一段ずつ上がらなくてはならない。台地の上の教会までは五十段ほどだろうが、歩くのはなかなかむずかしい。中には入れなかった。

この教会はルター派で、フィンランドのキリスト教というと大別して正教会とルター派ということになるようだが詳細には立ち入らない。もともとここの丘の上にぽつんと建てられた教会と、道路よりも下の湖畔にひろがる数軒の小屋が小集落をつくっていたようだ。ミッション（土地の人々に対する伝道村）か。教会は現役だが、小屋にはいまは人は住んでいない。しばし教会のまわりを歩き、二百席以上があるらしいその建物の規模感をつかんだ上で、歩いて帰ることにした。

この歩きはおもしろかった。さいわい太陽も出ておだやかな天気。舗装道路脇の雪を、それでもスキーや手押しの橇（なんと呼ぶのか知らないが簡単に組まれたフレームに固定式の把手がありそれを押すようにして進めば転ばずにすむ）が何度も通って固めてくれた通路を歩いていくのだが、飽きない。脇の斜面にときおりとなかいの足跡を発見する。歩行者にはまったく出会わないが、車はそれでもときおり通る。数は多くない。十分に一台もないくらいだ。いちおうノルウェーにむかう幹線道路だが、そもそも人口が希薄だ。朝にはフィンランドとノルウェーの国境の橋まで歩いていった。検問所があったが職員はいなくて、橋のまんなかあたりまで歩いてみた。そのままノルウェーに入ってもよかったがむこうまで行っても変わり映えがしそうにないので、そこで引き返してきた。ＥＵ非加盟国のノルウェーはフィンランドに比べると圧倒的に金持ち国で、物価水準もかなりちがうはずだ。しかしこのあたりでは店らしい店もなくて、足で入国しても何かがわかるとは思えなかった。植物も動物も空も国境とは無関係に連続している。

教会からたぶん4キロほど歩いたあたりで、これも前日に通りがかっていた学校エリアがあった。むこうの小学校校舎の外では子供たちが遊んでいる。先生らしい若い女の人が建物から建物へとコーヒーマグをもったまま移動している。目についた小さな建物はどうやら音楽学校だったようなので勝手に入ってみた。サーミ音楽についての情報などが訊けるかと思いぼくは「こんにちは！　誰かいますか？　日本の有名な音楽家のケイタニーが来ましたよ！」と声をかけてみたが、返事はない。部屋のひとつのドアをノックしても無反応。仕方なくあきらめてウツヨキのカフェまでそのまま戻った。教会からは6キロばかりの眩しい道のり。

「このあたりの人はやっぱりスキーで移動するんだろうか」

「そうでしょうね。スキーできますか？」

「いやあ、生涯で三回くらいやったことあるけど。ぜんぜんダメ。スキーもスケートもほぼ知らない」

大学生のころアイダホ州サンヴァレー（ヘミングウェイが晩年に住んでいたところ）でクロスカントリーというか歩くスキーをやったことがあった。相当な運動量だったようで、林のあいまを進むうちに汗をかき、三時間もやるとへとへとになった。ついていくのに必死で、周囲の林に注意をむける余裕もない。北海道の富良野でスノーシューで森を歩いたこともあったが、そっちのほうがぼくにはよかった。雪に足が潜らないような大きな足をつけると自分が不器用に歩く別種の鳥になったようで、それはそれで楽しかった。遊びとしては楽しいが、ここサーミランドでは生活の必須の基本にスキー技術があるのかもしれなかった。

翌日、となかいがひく橇に乗りにいった。となかい牧場に行くとサーミの伝統衣装を着た男が出迎えてくれる。赤字に青の縁取りが基本で、装飾部分にどんなパターンが描かれているかはグループによってちがう。橇にはふたり並んで腰かけられる木製の座席がついていて、一頭のとなかいがそれをひいてくれる。となかい同士は列車のように紐でむすばれて一列になって進む。となかいはおとなしくとてもかわいいが、非常にシャイでさわられるのをいやがる子もいるので手を出さないようにと注意される。上から下まですっぽり入れる防寒仕様のつなぎを借りて着込んだため寒さはまったく感じない。日本で出発前日に買った、目だけ出るニットの帽子のおかげで顔や耳もだいじょうぶ。となかい列車は森を行き、野原に出、ときどき低い木の枝に手を伸ばせるような小径をしゃんしゃんと進む。これはおもしろい。乗っていると目の位置が低いので、速度が出ていなくても移動感はすごい。小雪がちらついてきたのも美しい。となかい牧場の周辺をぐるりとまわるだけの擬似的な橇体験だが、気分は爽快そのもの。子供だましによろこんでだまされている。

牧場に戻って、サーミの伝統的な移動式の小屋（すでにふれた、アメリカ平原インディアンの円形のティピーに似たかたちの）に入って温かい飲み物をもらい、となかい師（そういう言葉はないだろうが）の話を聞く。伝統的なとなかいの飼い方、散らばっているとなかいをいつ集めるか、生活のどれくらいをとなかいに依存しているか、そういったこと。しかしこの地方ではもう「となかい専業」のような暮らしは存在しないようだ。質問の時間になって、ぼくは訊ねた。狼は出ますか。いや、このあたりにはいないね。フィンランドで狼がいるのはカレリアです。それはフィンランド南東部の森林・湖沼地帯のことで、黒と白の、体型では秋田犬に似ていなくもない（やや耳が長い）、カレリアン・ベアドッグのふるさとだ。

それから外に出て、またとなかいのそばに行くと、となかい師が苔をたくさんもってきてくれた。となかい苔だ。岩に生えるこの苔は滋養豊富で、冬のあいだとなかいたちはもっぱらこれを食べて生き延びる。ひとつかみを地面においてやると、よろこんで飛びついて食べる。動物たちの食事ぶりは見ていて楽しく気持ちいい。ぼくもひとつまみ食べてみた。ちょっと苦みがある。あおさのような、アルファルファのような、正体のわからない味だ。しかしこれであの巨体を支えられるのだから、ほんとうに栄養価が高いのだろう。

サーミの人々がとなかいを飼うことになった起源については、こんな話に出会った。スウェーデン側のサーミの語り部マルグレータ・ベングッソン(Margreta Bengtsson)の話を、適当に語り直してみる。


サーミがどのようにして地下の人々からとなかいとテントをもらい、植民者たちは農場と農場で飼う動物をもらったかについて。

むかしむかし、あるサーミの男が放浪していたんだって。サーミの人々がまだとなかいを飼っていないころのこと。このころ、かれらはだいたい雷鳥を罠《わな》でとって、それで暮らしていたのです。男はくたびれてしまい、腰をおろして休み、ごはんを食べることにした。荒れ野にぽつんとそうしてすわっていると、きれいな女の子がやってきて隣に腰をおろした。男はこの娘をここに引き留めておきたかったので、彼女の左手の小指をナイフで切って、血を出させた。すると彼女はそれを見て「あ、心臓をやられちゃった！」といったんだって。同時に、ひとりのおばあさんがかれらのほうにやってきて、娘にむかってこういった。「あーあ、これでおまえはずっと地上にいなくてはならなくなった！」男はおばあさんにもナイフを投げつけてこの場に引き留めようとしたが、ナイフはおばあさんには届かず、彼女は消えました。

サーミの男とその娘は、地面の穴に住むことにした。すると娘が男に、あのね、これから何を見ても聞いても、三日間は慌てず騒がず悠々としていなくてはならないのよといった。それから彼女は穴を出て、山の崖のほうへとかけこんでいった。ひとり残された彼のまわりに、だんだん妙な空気が立ちこめてきた。怪しいものが見えたり変な物音がしたりしたが、男は娘にいわれたとおり落ちついていた。二日めはもっとひどく、三日めはいよいよ最悪だったが、男は動じることなくのんびり落ちついていた。

三日がすぎると娘が戻ってきて、男を地上に引き上げてくれた——するとそこにはとなかいの群れがいて、テントが立っていて、テントの中には暮らしに必要なものがすべてそろっていたの。

こうしてサーミの人々は、地下の人たちから、となかいとテントをもらったというわけ。それだけでなく投げ縄とスキーももらったのです。なんと幸運な話。

男と妻は、となかいの乳しぼりをはじめた。男は「アルド」つまり牝となかいを投げ縄でつかまえ、妻が乳をしぼっているあいだ抑えつけておかなくてはならない。妻が男に教えていうには、となかいを相手に仕事をしているときには罵りことばをいったり冗談をいったりしてはいけないよ！

ところが男は、最初のアルドに投げ縄をかけ、それが逆らって、跳んで逃げていってしまったとき、つい罵りことばを口にしてしまった。するとそのとなかいは即座にばたんと倒れて死にました。「ああ、ああ、なんという不幸！」と妻が叫んだ。男は二頭めのアルドを捕まえると、たとえとなかいが暴れても罵ったりしないよう気をつけていたが、あまりに暴れるので、ついみだりに神の名を口にしてしまった。ただちにこのアルドも死んで地面に倒れた。「ああ、もう、なんという不幸！」と妻は叫んだ。

男が罵りことばを口にしたために倒れて死んだ最初のとなかいのおかげで、狼はとなかいを引き裂く力を与えられたし、男が神の名をみだりに口にしたせいで死んだ二頭めのアルドのおかげで、となかいがよくかかる病気が生じた。

男が三頭めのアルドを投げ縄で捕まえたとき、彼はじっと黙っていた。これ以来、となかいの群れを相手に仕事をするとき、サーミは罵ったり冗談を言ったりしないの。そういうことになったの。

さて、スウェーデン人もやはり土地とか持ち物を地下の人々からもらったのです。地下の人々が誰なのかはよくわからないけれど。

スウェーデン人は農場と畑、雌牛と羊と山羊、それに魚をつかまえる道具一式をもらった。それはこういうことだった。

むかし、スウェーデン人がまだ農場も畑ももたなかったころ、ひとりのスウェーデン人が荒野をうろうろ歩きまわっていた。偶然、彼は地面に穴を見つけ、そこに入ってみようかしらんと思いついた。

するとね。地面の下には畑と牧草地のついた、大きな農場があった。男は農場の家に入っていった。そこにはあらゆる種類の食べ物が並んだ食卓があったが、彼はそれにはまったく手をつけなかった。ベッドもいくつかあってきちんと整えられていたので、彼はそのひとつに横になった。まず若い女が、ついでおばあさんが、彼のところに来た。彼は若い女にむかってナイフを投げた。「おう、おう、おう!」と彼女は悲鳴をあげた。これで彼から離れることができなくなったのです。彼はまたおばあさんにもナイフを投げたけれど、それは当たらなくて、彼女は消えました。

若い女は彼に、これから三日間ベッドにいて、何を見ても聞いても落ちついてしずかにしていなさいと命じた。彼の周囲で奇妙な物音がしはじめたが、それがどんどんひどくなっても彼は悠々としていた。三日めがいちばんひどかったが、彼は動じなかった。やがてついに物音がおさまり、娘が戻ってきて、もう起きて、ごはんを食べていいわよといった。これで農場も、すべてあなたのものになったのよ。

Collected and Illustrated by Emilie Demant Hatt. *By the Fire: Sami Folktales and Legends*. Trans. by Barbara Sjoholm. The University of Minnesota Press, 2019, pp. 8-10.

サーミ人もスウェーデン人も、まったくおなじかたちの試練を受けたのちに現在のライフスタイルの基礎となるもの（前者はとなかい、後者は農場）を贈与されるというのがおもしろい。遊牧民と農民の根源的な差の説明にはならないが、両者がある前史時代を共有していることはわかる。サーミにとって現在の国籍は問題にならないし、農民たちの生活に関してはスウェーデンでもフィンランドでも基本形は大差ないだろう。ともあれこのようにして人々はそれぞれに別の生き方をするようになったが、その生き方自体が地下の誰かからの「贈りもの」なのだという点に、なんともいえないおもしろみを感じる。

となかいとは何か？

サーミにとってのとなかいのことを、もう少し考えておこう。十七世紀のノルウェーの学者ペトルス・クラウディによると、サーミはフィヨルド地方（つまり海岸部）の全域に住んでいた。それだけではなく内陸の山や丘には「となかいサーミ」が広く居住していた。かつてこれら沿岸サーミととなかいサーミがサーミの王の下に結集していたときには、この地方にノルウェー人は、まったくいなかったという。ところがやがて時代が下ると、沿岸サーミはノルウェー王の支配下に入り、山のサーミは三人の別々の王たちに税を納めることになったのだそうだ（以下、John Trygve Solbakk ed./author. *The Sámi People: A Handbook.* Davvi Girji OS, 2006. の記述にしたがいながら簡単に歴史をふりかえっておく）。

国王とはすなわち税金集めの頂点にいる者たち。国王とその直接の臣下たちにとってサーミとは辺境の案内人であり、徴税対象者であるとなかい放牧者たちだった。内陸部のサーミはデンマーク＝ノルウェー、スウェーデン、ロシアの三国の王たちに税金をとられ、迫害され、それでも変わることなく、となかいとともに暮らした。この税金の取られ方は、やや理解しにくい。十八世紀でも内陸部のサーミは、あるいはデンマーク＝ノルウェーとスウェーデンに、あるいはスウェーデンとロシアに、税を徴収されていた。サーミの側には政府のようなものはなかったわけだから、大雑把なエリア分けのもと、村（siida シイタ）ごとにどこの国の徴税人に払うのかが決められていたのだろうか。大国は勝手気ままだ。しかし、となかいは国境を知らない。予想がつくとおり、このあたりは国境画定までに長い長い葛藤の歴史があったが、たとえば一七五一年のデンマーク＝ノルウェーとスウェーデン＝フィンランドの国境条約を見ると、となかいたちが国境を越えた場合についての付帯条項があり、その名残は現代でも「となかい放牧条約」としてつづいているという。一九七二年の同条約によると、スウェーデン領内に居住するサーミは夏のシーズンのあいだ最大四万頭のとなかいをノルウェー領に連れこむことが許され、ノルトランド（ノルウェー北部）に住むサーミは冬には最大一万頭をスウェーデン領の放牧地に移していいのだそうだ。

十七世紀が、本格的なとなかいの世紀だった。この世紀の終わりまでには、スウェーデン王室によって徴税されているサーミは、となかいの放牧をその第一の収入源とするようになった。もっともこれには居住地の条件も大きく関わっていて、森に住むサーミはもっぱら狩猟で生計を立て、となかいはわずかな数しか飼わず、その乳を飲むこともなかったという。大きな群れを飼育していたのは西のほうのサーミたち。

それでは、となかい牧畜を主産業としていたサーミはどのように生きていたのか。山々で、白樺の森で、サーミは大部分となかいに頼りながら自給自足的ライフスタイルを築き上げた。となかいの群れのことはeallu と呼ぶが、それはまさに「生活（の糧）」を意味するらしい。となかいは、肉になる。皮がとれる。大きな胴体の毛皮だけではなく、脚や頭の部分も使える。腱を裂いてつくった糸で縫いあわせれば、靴、手袋、帽子、コート、ズボン、衣類はなんでもできる。毛皮は橇に乗るときのカバーや寝床にもなるし、パウチ、バッグ、赤ちゃんを運ぶ袋もつくれる。ミルクと血は、いずれも栄養豊富な食品だ。これは洗って乾かした胃袋に入れて保存する。骨や角はにかわの原料。いろいろな道具・小物類をつくるのにも使われた。こうした物が、サーミが自分たちではつくれないものを物々交換で手に入れる役に立ったのも、容易に想像できる。

そしてもうひとつ見逃してはならない点。となかいの群れとともに暮らすのがあたりまえだった社会では、子供時代にはじまって手伝い手としての役割が周囲からつねに期待される。それをつうじて言語が伝わる。つまり、となかいの世話を念頭において使われるようになった単語や言い回し、ひとことでいって「となかい語」が一般化し、社会の核、コミュニケーションの芯になるのだ。

これは日本に帰ってからのことだが、ヨハン・トゥリ『サーミ人についての話』(吉田欣吾訳、東海大学出版会、二〇〇二年)というすごくおもしろい本を入手した。もっと早く読まなかったのが悔やまれるが、むしろ読まずに先入観なくサーミの土地に行ってよかったともいえるので、なんともいえない。原著は一九一〇年にコペンハーゲンでサーミ語とデンマーク語の対訳のかたちで出版された。サーミ人自身がサーミ語で書いた最初の散文作品として広く認知されているそうだ。この本は十九世紀のサーミ人たちの生活や自己認識について知るには最高の本だ。これを丹念に読んでいけば、あいまいな噂話の寄せ集めにとまどうこともなく事物の核心に入ってゆくことができると思う。紹介したいエピソードはたくさんあるのだが、ここでは同書からサーミ人ととなかいの関係について語られた一節を引用して、となかいサーミたちの世界を想像してみることにしよう。

結局のところサーミ人というのは、トナカイと同じような性格をしているのでしょう。どちらも習性に従って南へ、そしてまた北へと行こうとします。それにどちらもとても臆病です。その臆病のせいで、彼らはどこにいようとすぐに怯えてしまうのです。ですからサーミ人たちは、自分たち以外の人間がいない場所にいることになります。寒さがしのげてトナカイたちが生きていけるのであれば、どんなに高い丘陵の上だろうと、いつまでだってそこにいることでしょう。

サーミ人というのは天気のことをよく知っていて、またトナカイからも天気を知るすべを学びました。寒さをしのぐのもうまく、道に迷わずにすむのも得意で、暗かろうが靄《もや》がかかっていようが、あるいは吹雪であろうが、サーミ人というのは迷うこともなく目的の場所に辿り着くことができます。少なくともそういうサーミ人もいるのです。スキーで滑ることと走ることとなれば、それはもうサーミ人がもって生まれたものなのです。(48)

いい語り。こんなふうに語られるなら、あざやかに心に像がむすばれる。著者がサーミだからといって、この本に書かれているすべてが当たっているかどうかはわからないし、サーミの人々の中でも彼の書き方に異論はいろいろあるかもしれない。しかし二十一世紀のわれわれが読んでもこれは新鮮な高揚をひきおこす力のある文学作品で、後のほうに出てくるとなかいたちの川わたりの話などにはしずかな、深い感動を覚えた。

雪原を歩く賢治の霊？

また雪野原を徘徊することにした。小島くんは感心なことに『宮沢賢治詩集』を持ち歩いている。ぼくもこの旅にはそれを持参しているのだが、散歩にまでは持ってきていない。ジャケットのポケットに入るのだから肌身離さずといった感じで持っていればいいんだが宿に置いてきたのは、非常用携帯食としてのキャラメルを忘れてきたようなものかもしれない。そういえば最近、むかしふうのキャラメル自体、まったく見かけなくなったのはどういうわけだろう。フィンランドにはキャラメルに代わるものとして、一部の人に顔をしかめられ一部の人には大変に好まれる飴がある。サルミアッキだ。この真黒で摩訶不思議な塩味のキャンディー（主材料は甘草、つまりリコリス）はそれはそれでいいものだが、日本に根づくことはなさそうだ。

歩みをとめて一休み。すると「この詩、いいですよね」と小島くんがいった。賢治の短い詩だ。どれどれ、と見せてもらうとこんな作品だった。声に出して読んでみた。

夜の湿気と風がさびしくいりまじり
松ややなぎの林はくろく

そらには暗い業《ごふ》の花びらがいっぱいで
わたくしは神々の名を録したことから
はげしく寒くふるへてゐる

『春と修羅　第二集』にある「三二四〔夜の湿気と風がさびしくいりまじり〕」だ。賢治の詩にはときどきあることだが、かなりわかりにくい。けれども具体物が異様に具体的（文字通り「からだを具えている」）で、そこに謎めいた情感が吹きこまれ、他の誰にもありえない奇怪な世界をつくっている。湿気と風が入り混じるというのもなかなか不敵な表現だが、夜の黒いシルエットになって見える林はともかく、「暗い業の花びら」が空にたくさん浮かんでいるというヴィジョンの異様さにはこっちが身震いする。「神々の名」というが、いったいどんな神々なんだ。一神教のカミと関係ないことは確実でも、神道かヒンドゥー教かギリシャ・ローマか中国の神々か、なんともわからない。なぜならここで録されたはずの名が読者には教えられないから。名を記録すること自体が神々に対する反逆行為だということはわかる。その反抗のあと、ふるえの原因は恐怖と寒さの両方にまたがり、結果（神々のリアクション）がわからぬままに私は宙吊りの状態に耐えなくてはならない。

「不思議な詩だね」とぼくは答えた。

「不安な詩というか」とケイタニーがいった。

「記録に残してはいけないものを記録してしまったことの罪悪感なのかな」

「でも書き留められない名は永遠に失われてしまう。神々でも、人間その他の動物でも」

「生物に与えられる固有名詞だけじゃなくて地名なんかもそうかも」

人間世界の面倒のひとつは、記憶の維持と書き換えだ。声はつづかないので、維持するためには文字に記さなくてはならない。記される媒体によって記録の長さは大きく左右される。文字をもたず音声だけに頼った名は、一世代ですっかり忘れられる可能性がある。地名のことを考えてみるといい。ある土地に最初に住みつき地名をつけていった先住民たちの名は、そこに入りこんできた探検者=侵略者たちが勝手につけた新しい名を自分たちの中央政府との関係によって登記してしまえば、たちまち忘れられる。あるいは変形を強いられる。日本でいえば北海道や東北のアイヌ語地名がそんな運命をたどった。だが地名はあまりに多くを担っていて、ただ忘れられるがままにするには惜しい。そこで地名そのものの考古学が必要になる。

「賢治の詩にも変わった地名がよく出てきますよね」

「そうそう。松倉山や五間森なんかは、まだまだそういうところが実際にあるんだろうと思えばそれでいいけど、プリオシンコーストとかベーリング市とかパッセン大街道には、おやっと思うよ。阿耨達池《あのくだっち》や辛度海《しんど》となると、まったくお手上げ。また、これも自分が知らないだけなんだろうけれど原体村《はらたい》とか鶯宿《おうしゅく》とかだって、はじめは創作地名だとばかり思ってた。無知でごめん。まあ、それはさっきの伝統地名の話とはちがうことだけど」

夜の味噌汁対話

外歩きから帰ってうれしいのは小島くんがフリーズドライの味噌汁、スープその他をじゅうぶん持参していること。お湯をわかして注ぐだけで冷えきった体を温めてくれる飲み物がすぐにできあがり。ぼくは旅行のときに飲食物をもち運ぶことがまずないため、これはいい考えだと思って感動した。感動のあまり毎日、部屋に戻ると「味噌汁飲もうか」と催促するようになってしまった。人は悪癖にすぐ染まる。犬の習癖か。やはり知らず知らずのうちに体が冷えていることもあるのだろう、非常にうまいと思う。小さなサイコロ型の豆腐とねぎが入っているのもいいが、なめこ汁にはとりわけ元気づけられる。きのこの旨味には、ほんとうに不思議な力がある。

それで熱い味噌汁をふうふうと吹いてさましていると小島くんがいった。

「先住民の世界に興味をもったのっていつごろなんですか」

「うーん、まあ、二十代の半ばごろかな」

「何かきっかけがあったんですか」

「二十五歳のときに一年、ブラジルに行ってたんだよね」

「そうでしたね」

「基本、サンパウロという怪物的な大都会にいて、先住民の土地に行くことはできなかったんだけど……『悲しき熱帯』って知ってる？」

「はい、レヴィ＝ストロースの」

「まあ、旅行には興味があったわけ。別の土地に行くと一瞬で意識も考えも気分も変わるし。読書もおなじことだけど、読書は逆説的にもコトバによって守られているという部分があるじゃない？　旅では、さらされる。旅と読書はいろいろな関係をもちうるけれど、そのころはどこかに旅してそこで本を読むとどうなるかに興味があったのかもしれない。それで二十代の半ばごろに熱心に読んでた本二冊というのが『悲しき熱帯』とミシェル・レリスの『幻のアフリカ』で。ヨーロッパがつくった世界によって踏みにじられ、奪われ、破壊され、殺されてきた人々のことを考えないかぎり、旅も何もないという気がしていた。そのころからいわゆる先住民というか〈土地の人々〉に興味をもつようになった。でもそれも頭で考えてただけだから」

「実際に先住民の人たちを訪ねていくことはなかったんですか」

「そのころはね。少しして、ハワイに住みはじめたとき、ちょうどハワイの先住民の独立運動が高まっていた時期だったんだ。もっともそれも大学の活動家などの文章を読んだ程度。それからニューメキシコに移ったんだけど、実際に先住民の村に行ったりするようになったのはそれから。ニューメキシコ大学ではナヴァホやプエブロ・インディアンの学生にもたくさん出会った」

「結局、先住民の思想に興味をもつのはなぜなんでしょう」

「それはすごくはっきりしてるんだよ。われわれ自身の無知を克服する手がかりを得るため。ある土地で生きる、生き延びるということは、どこであってもその土地をよく知ることがいちばんの基本でしょう。知るということは、そこの地形と気象、鉱物と菌類と植物と動物の体制をよく知ること。われわれは都市に住み、商品の森で糧《かて》を得て暮らしている以上、必然的にどうしようもなくバカだと思う。それも人類史上かつてなかったレベルのバカなんだ。無知だし、自分の周囲で何が起きているのかに気づかない。そのような生き方に未来はないと思った。ニンゲンのことしか考えないニンゲンたちは確実に世界を壊していく」

「だったら現代社会を離れて、ネイティヴな暮らしに切り替えようと思ったことは？」

「それができればね。そこまではできなかった。いまもできずにいる。自分の生活そのものが自分自身と現代社会に対する批判になるようなことができればいいなとは思うけれど、その一歩手前で、現代社会の基本文法を考え直すようなことをまずやってみようかと思っていたのかな。意識革命は言語において起きるし、言語に媒介されることは生活様式の変化の必要条件だろうね。ぼくは自分が文学の人間か人類学の人間かといわれれば、やはり文学の人間だと答えるしかない。言語が構築する世界によって現実を批判するということなのかな、たぶん。わからない。人類学研究には大きな尊敬を抱いているけれど、自分にはそれはむりだと、どこかで思ってきた。どんな球をどんな角度で打つべきか、それを考えているのかな。わからない。世界としてわれわれに強いられる像を砕くためには。わからない。わかる?」

「よくわからないところもありますが、なんとか。ある土地についての人間の知識は、先住民社会だけでなくて一般社会――こういう言い方を使うとして――にも蓄えられてきたものではないんですか」

「もちろん、どこでもそれはあったにちがいない。動植物のことを知らなければ、そもそも生存できなかった。でもその知識は大量生産商品の大量流通網がおし潰した。こうした知識は一世代で完全に消失する。ぼくと同世代の日本人でも、山間部で育った人には子供のころから山菜採りが生活の一部で、自分たちが採ったものを食べて生きてきた人はまだまだいた。いまはそんな採集（狩猟も）行動は生計というよりあくまでも補助とか余暇とか趣味の側に押しやられている。他の種をめぐる知識も、あらかじめ共有されているというよりはほそぼそとつづく伝承みたいな位置に追いやられているのでは」

「そういえばまえにすごいニュースがあったっていってましたね。飛行機事故で生き延びた先住民の子供たちの」

「ああ、去年ね。アマゾンの密林で飛行機が墜落し、おとなたちは全員死亡。十三歳、九歳、四歳、一歳の四人のきょうだいが四十日間密林をさまよって生存していたという話。これは十三歳のおねえちゃんレスリーが、森の先住民としての生存技術を完全に身につけていたから可能だったわけ。食物と水をどうやって手に入れるか、眠る場所をどう確保するか。赤ちゃんには果汁などを与えていたんだろうけれど、ほんとうにすごいと思ったよ。われわれでは三日ともたないだろうな。フリーズドライの味噌汁も手に入らない土地では！　われわれはいかに商品に飼い慣らされていることかと思うよ。思わざるをえないよ」

狩人の土地として

もう少し、歴史を追ってみる。さきほどの『サーミの人々　ハンドブック』から。中世のころから、南のほうの人間たち（国家の主流である者たち）にも、サーミの人々の存在はよく知られていた。かれらが「シイタ」と呼ばれる村に住み、狩猟や漁撈で生きているというイメージは共有されていたようだ。秋から冬にはビーバーやとなかいを罠にかけ　初夏に鮭が遡上するときにはそれを捕まえる。これらは村全体の事業。それ以外に個人で鳥や毛皮をとる小型動物（りすや貂だろうか）を狩ることもあった。

シイタにはきびしい掟があり、ビーバー猟師のグループに加わる若者は特別な宣誓をおこなわなくてはならなかった。他の者たちの同意が得られない行動をつつしむこと、獲物はシイタのものであり私有できないこと。となかいは晩冬（三月から四月）にかけて狩られたが、これには各家族から男一名が代表として参加した。参加者が出せない場合、獲物が分配されないこともあった。とはいえ、その理由が病気であるとき、あるいは男手がいない家庭には、分前がもらえた。

となかいもビーバーも、食肉にもされたし毛皮もとられた。毛皮は貿易品となり また税として納められた。貿易の対価としてサーミは銃器、罠、焼き物、宝石、アルコール、穀物などを手に入れた。アルコールはいささか問題があって、もともと酒を知らなかったサーミはヴァイキングが作る蜂蜜酒やビールを好むようになり、十六世紀以後スカンジナヴィア諸国で蒸留酒製造がさかんになると、酒類は重要な貿易品目となったし、商取引そのものを円滑にするためにも、あるいは詐欺のためにも、使われるようになった。

人間、幸か不幸かはにわかに判断できるものではないが、サーミと接触した「文明人」(=都市・商業・法の側にいる者たち)はサーミについての突拍子もない噂をひろめ、それが「やつらは恐ろしい」というイメージを流布させることにもなったらしい。その原因のひとつには、すでにサーミと取引のある者が、自分たちが貿易を独占するために、言葉が通じないサーミとは沈黙交易をするしかない、凶暴な連中で取引は非常にむずかしい、と他の人間に信じこませようとしたことがあるようだ。

サーミの側にしてみれば、たとえば徴税人とのやりとりは苦痛以外の何ものでもなかった。中世から初期近代にかけての徴税にはわかりにくいものがある。税ははじめ徴税人に対する

「贈与」として手わたされたという。ついでそれは代価か報酬と見なされるようになる。税とはいうが、この税は個人的な性格をもち、徴税人と納税するサーミの関係も、国家対少数民族ではなくあくまでも個人対個人だったようだ。だったら税はなんのために？　そこで求められたのは「保護」であり、「私に税を払うなら他の徴税人に税を払う必要はなく、毛皮を買いたたかれたりして不当に搾取されることがなくなるぞ」という論法だった。なんのことはない、どこにでもありそうな話だ。近代国家以前の、全般的ギャングスター状況とでもいうか。もっとも支配力を強め法で武装する近代国家が、それほど公正で立派なものだといえるかどうかはわからない。合法的ギャングスターたちの悪行はつづく。

興味深いのは沈黙交易的部分で、言葉が通じないもの同士では取引は非常に単純なことしかできない。言語接触の現場ではどういう経緯によってか二言語使用者、三言語使用者も生まれ、みんなに重宝されたことだろう。その歴史のうちに、部分的にはピジン言語（複数言語の混成的使用）も生まれたかもしれない。これも世界中のすべての土地で起こってきたことにちがいないが、文字記録として表面化することはないに等しく、それを後づけるのは大変むずかしい。

ともあれ歴史記録としてノルウェー王子 Sigurd Slembe が一冬のあいだサーミの家ですごし、後にそこでうけた歓待を讃えたとか、クヴェン人（フィンランド北部に住むフィンランド語話者の農民たち）やビルカルル人（徴税を請け負っていたスウェーデン系の集団）がサプミ内陸部に探検隊を派遣して、土地のシイタの人間に案内してもらったとかいう事実があったようで、このころからスカンジナヴィア言語やフィンランド語の語彙がサーミの人々のあいだにも入っていったらしい。

こうした北の交渉史は調べれば大変におもしろそうだが、いまはここまで。

世界のもうひとつの頂点

朝になってヌオルガムにむかった。ウツヨキからさらに北に48キロ。北極圏に入ってすでに510キロだ。フィンランドの（そしてEUの）最北の集落。住民は二百人という。ここにはいわゆるホテルはないので、Air B&Bで探したコテージを奮発することにした。ここは最高だ！　日本式にいう1LDKで、大きな居間＝食堂にごく小さな（でもきわめて居心地のいい）寝室がついている。ぼくが寝室を使い、小島くんが広い居間の巨大なソファベッドを使うことにした。おもしろいのは浴室のプライヴェート・サウナ。オーナーが白樺の薪を好きなだけ使ってくれといって用意しておいてくれたので、部屋全体の暖房にもサウナにもそれをたっぷり使った。サウナはややぬるめで、熱のピークがあまり長くはもたない。焚き方の加減がわからなかったせいか。薪をたっぷり使うのがいいことかどうかわからないが電力大量消費とはちがっている。もっとも、白樺の木がよほど豊富にあるとしても、このやり方が多くの人口の生活を支えることはできないだろう。

それでもコテージの周囲には白樺の木がいくらでもある。川べりに建っていて、川のむこうはノルウェーだ。視界は大きく開けて、周囲に人家はほとんどない。集落というが、川と、並行して走る道路のあいだに、休暇用のコテージなどがぱらぱらあるだけで、この土地に本格的に住んでいるサーミの人々は道路からは横にかなり入っていった、それぞれの先祖伝来の場所に住んでいるものと思われる。ここで期待するのはアウロラ・ボレアリスすなわち極光の目撃だが、天気予報はずっと曇り。曇っているおかげで寒くはないが、一晩くらい晴れわたった空のもと放射冷却でキーンと地表が冷えぶるぶるふるえていると突然に夜空の大スペクタクルが百花繚乱的にはじまるという経験をしてみたいものだ。しかし結論を先取りするなら、ぼくらはオーロラを見ることができなかった。残念だが仕方がない。それはそういう運命だったということ、とぼくはすぐにあきらめる。がっかりしたからといって、別の方面の探求をやめるわけにはいかない。

最初の夜、イマが遊びにきてくれた。彼女のフルネームはInger-Mari Aikio。現代サーミ人のもっとも有名な詩人のひとりで、絵本やヤングアダルトむけの小説も書いている。ぼくとは数年前に南米エクアドルの詩祭で知り合った。一年を通して世界中の詩祭に招待されて参加し、家を留守にしていることも多い。でも真冬のいまはこのサーミランドの核心地方にある自宅にいて、彼女に会うことがわれわれの旅の大きな目的だった。ぼくにとっては唯一のサーミの友人だ。

彼女は車で来たので、まず頼んでスーパーマーケットに連れていってもらった。片道2キロくらいのところなので、もちろん歩いていけるがそれなりに時間がかかるし夜歩くのは辛い。このあたりにはレストランはないので夕食と朝に食べられるものを買いこんだ。スモークサーモンをまたスライスしてもらい、玉ねぎとトマトときゅうりとバナナとパンを買った（それにしてもバナナとはお笑い！ 熱帯からどれだけの旅をして。真の国際的完全食品か）。それから生姜が強く効いたジンジャーエールとビールも。コテージに戻ると、イマは自分で摘んで冷凍したクラウドベリーをくれた。紅茶を飲んで雑談をした。

雑談。それこそ会話の本質だ。意図があり目的がある話は「用事」に属し、それはもちろん必要だが、思いがけない発見にはむすびつかない。視野を、世界を、ひろげてくれるのは、語られる必要すらなかったいろいろな話題がめまぐるしく転換する雑談だ。今回はまずケイタニーをイマに紹介する必要があった。そしてわれわれがなぜここまでやってきたのかを説明する必要もあった。それがすんでしまえば、あとは自由連想の世界。話はどんなふうにでも展開する可能性がある。たとえばクラウドベリーは、なぜそのような名前で（英語では）呼ばれるのだろう。オレンジ色の小さく可憐な実で、北極圏に属するこの土地の名産品でもある。名産品といっても、商業化されて各地に輸送されているわけではない。やや酸味があり、甘いが甘すぎず、土くさくはないが大地を感じ、ゆたかな気分になる。北木大陸にもこのベリーはあるけれど、もっとも南でもミネソタ州北部。まさに北を象徴するような漿《しょ》果《うか》だ。サーミ語での名前を聞いたが書き留めておかなかったので忘れてしまった。ちょっとうかつだったね。これだから人類学者になれなかったんだ（でも後になって、その名前はラッカだったとわかった。サーミの人々にとっては特別な意味のある、夏のベリーらしい）。

イマは長いあいだラジオ局で番組制作をしていたこと、現在はここヌオルガムから車で三十分ほど離れたところに母親とふたりで住んでいることなどを話してくれた。そして明日の朝、車で迎えにきてくれることになって、彼女にみちびかれて、ぼくらはいよいよこの土地の核心に入っていく。

その核心とは何？　太陽と風。

はじめに墓地を見にいった。ウツヨキからヌオルガムに来た一本道をさらにゆくとEU最北の道路標識があり、そのそばに小さな教会堂があり墓地がある。そこには彼女の祖母がねむり、家族の他の誰彼も葬られ、彼女自身やがてはそこで長い長い時をすごすのだという。この墓地はもっぱらサーミの人々のもの。明るく開けて、場所としては申し分ない。ここはすでにノルウェー領内だが国境の壁があるわけではなく、むこうの幹線道路の橋のそばにあったような検問所があるわけでもない（もっともあちらの検問所も特に機能しているようすがなかったが）。ノルウェーもフィンランドもなく、ここはサプミすなわちサーミランドなのだ。

ノルウェーへの入り口からヌオルガムのほうに引き返し、いきなり直角に曲がって河岸段丘の上へと坂道を登りはじめた。ほどなくして斜面を上り切ってしまうと息を呑んだ。雪原、広大な雪原。どこまでもひろがる。ゆるやかにうねる土地の、それでもかすかに尾根だとわかる高さのいちばん高い部分を、対向二車線の道路が走っている。しびれるほど好きな地形だ。アメリカ西部、たとえばニューメキシコやアイダホの高原沙漠を思わせる。そしていまは白い。ところどころに灌木が、地面に叩きつけられたような鬱屈したようすで生えている。林はない。風が強い。

数キロ走ったところ、相変わらずなだらかではあるがたしかにこのあたりが地形の頂上だとわかるところでイマが車を停めてくれた。誰もいない、どこにも。われわれ三人だけ。ドアを開けると途端にそこは強風の中で、立って静止しているのもむずかしいくらい。体や手は大丈夫だが頬が冷たい。爽快。360度の視界がひらけた土地で、道路以外には人工物が見当たらない。曇り空だがぼんやり明るく、曇り空ならではのやわらかい光があたりを全面的にみたしている。

サーミはそもそも「太陽と風の人々」と呼ばれてきたのだ。この吹きさらしの風の中でずっと生きてきたことにも感嘆するが、かれらにとっての太陽の比較を絶した重要性も想像がつく。冬の、暗い極地の夜からぐんぐん日が長くなって春をむかえ夏をむかえ、夏至からふたたび急速に闇の世界へと戻ってゆく一年のサイクルの激しさは、緯度の低い地方で暮らす者たちには実感としてわからないかもしれない。この風土が生んだ歌がヨイクで、それは今回は博物館の展示ビデオで聞いただけだが、すごい喚起力を感じた。いつか生《なま》で体験してみたい。ヨイクとはある意味では自然力に対する人間からの答えだともいえるだろう。風の音、動物の動きが立てる音、動物たちの鳴き声、そうしたすべてを模倣するように、再現するように、それらに応答するように、人間が声を出す、喉を使う。この世界において物質的に構成される「いのち」そのものの表現として、人間もまた世界の基盤とつながっていることへの感謝のようなものとして、歌われる歌なき歌。濃厚にアニミズム的世界に根をおろしているといっていいヨイクは、キリスト教宣教師たちにひどく嫌われ、ヨイクはよせ、というひどい扱いを受けてきたらしい。毛皮商人らがこの地方に入りこむとアルコールがもたらされ、たしかにアルコールによる泥酔とヨイクがむすびついた場合もあったようだ。さあ、酔おう、さあ、歌おう。風になろう、鳥になろう、狼になろう。キリスト教のきびしい支配下でヨイクは処罰の対象ともなり、その価値が見直されたのはやっと一九七〇年になってからだった。

それはそうと、何かの風景にさらされて、そこを吹き抜けてゆく力を浴びて、具体的な反応として歌が出てくるのは自然なことではないだろうか。できあがった歌ではなく、できあがった言語ですらなく、自分の体を誘う波動に身を委ねてそれにしたがって声を出すことは、われわれの基本的生得的権利ではないか。

いま、何か声を出せるなら。いまいるここは、ただここにいるだけで世界の頂点だ。見わたすかぎり、われわれ三人の他には人間がいない。強い風に粉雪が舞うが、この広大さをわれわれははっきりと目撃している。そして広大さがわれわれを目撃している。音は風だけ。動物たちは身を潜めているようだ。

ヨイクとは何か

サーミの歌唱として有名なヨイクだが、それは現代のわれわれが歌と呼ぶもの／こととぴったり重なるわけではない。そこにこめられる言葉は詩と呼んでもいいが、こちらもわれわれが思い浮かべる詩とはかなりちがう。即興される。即興の果てに定式化されるものもあるだろう。個人に属する、それはそう。いったいどう考えればいいのだろう。

サーミ語にはjuoigat（ヨイクする）という動詞があり、この動詞としてのあり方が重要視されるようだ。「だれそれはヨイクする人だ」という言い方を聞いたが（たとえばイマのおばさんのひとり）それはつまりはヨイクする人というのは特別な人間だということでもあるのかもしれなかった。「彼は民謡歌手だよ」とか「彼女はラッパーなんだ」といった程度には、専門化された技能なんだろうか。判断しにくいが、ヨイクの名人というべき人はやはり確実にいて、それはたとえば博物館の展示でも聞いたWimme Saariだ。YouTubeという知識の宝庫で見つけて以来、どうも気にかかっている。まずは彼の、たとえばこのような実演を聴いてみてください。これは「となかい」と題されたヨイク（https://www.youtube.com/watch?v=JFMUdI5N9xo）。

ヨイクとは元来、ある特定状況下で自然に、自発的に、自分が反応し、その場での気持ちなり感情なりを声に出してうたうことをさした。必ずしも人間の言語にならなくてもいい。「歌」の語源が「うったえる」ことに関係しているとしたら、まさに即興的にその場にいる自分が反応し、そこで自分がうけとめている何かを場に返す、返礼の行為だともいえるだろうか。ヨイクは人にむけられることもあれば、風景や動物、たとえば狼、飼われたとなかい、野生のとなかいなどが題材にされることもある。ひっくるめて、それは結局ある種のmnemotechnic（記憶術）でもあると、ぼくは思う。人の「詩」（もっともひろい意味で）は、まず本質的にそうだ。その時その場の情感を記憶にとどめ、何度でもよみがえらせたいから定式化されるわけだろう。言葉も、メロディーも、リズムも。ここにおいて、いわゆる歌といわゆる詩は合流し、区別できない。ついで、それは一回ごとのパフォーマンスとしてあるというのも見逃せない点だ。純粋な即興ではないにせよ、一回ごとにその時その場で生まれるのがヨイクの真髄。おなじことは二度はできない。おなじ「うた」でも、そのつど新しく生まれ直す。

ある人物を主題とするヨイクでは、その人に対する、あるいはその人が抱いた、愛なり憎しみなりがその場でほとばしるように出てくるのだという。しかしそれはその人を対象化するというよりは、その人にその場で「なる」試みらしい。するとそれは、まるで恐山の「口寄せ」のような降霊術にも似てくる。宣教師たちはそれを嫌ったのかもしれない。そこで「うたわれる」対象の人によって音調もリズムもちがうというが、それはヨイクの歌い手たちのせいではなく、あくまでも歌われる側に属しているらしい。個人を題材とするヨイク歌手たちは、自分自身は匿名でいることを好む。

ぼくがおもしろいと思うのは、そういう人間くさい歌よりも、自然のあれこれを題材とする即興的ヨイクのほうで、博物館SIIDAで見たWimmeのヨイクの動画では、彼が森と一体化し、次々に他の動物になり、自然音を模倣し、驚くべきひろがりをその場でつくりだしているようすがわかった。たとえば「動物になること」、さらには「森になること」を、彼はヨイクで実践するのだ。このような根源的アニミズム（生物も非生物もなく万物に霊魂を認め、それに積極的に反応しようとする）がキリスト教的伝統から見たら、ひどく危険な、悪魔崇拝に似たものと考えられたことは想像にかたくない。さっきもいったがキリスト教伝道師たちはヨイクを禁止し、シャーマニズムの土台にある古来の太鼓を禁止し、破壊した。だかいうまでもなく、そのような禁止は皮相だ。この土地があり、この地形と気象があり、太陽と風があり、生命の交歓があり、ここで生きていこうという意志が人にあるかぎり、ヨイクは永遠に自発的に発生するだろうし、新たな伝統とそれに則ったパフォーマンスを生んでいくことだろう。

雪原で、ぼくはケイタニーにこういった。

「ヨイクしたいね、こういうときは。この場所で。でもどうすれば？」必要なのは自然力に対する即興的反応だ。

「だったら、歌います」と彼は答えた。ぼくらの単純さを、笑いたければ笑ってください。道路から少しだけはずれ少しだけ下がったところで、足場を確認してからケイタニーはおもむろに歌いはじめた。風にむかって。世界の余白にむかって。歌ったのはこのあいだの夜とおなじく賢治「星めぐりの歌」だ。聞いていたのはイマとぼくのふたりだが、そう思っていたのはわれわれだけだったかもしれない。歌が声としてそこにあり風に流れていった以上、それが誰に届き誰によって聞かれたかは、誰にもわかることではなかっただろう。

「いい歌」とイマがいってくれた。

「いい土地」とぼくはいった。するとイマはこういった。

「他の人たちは、ここを何もない土地、荒れた土地だと思っている。でも私たちにとってはここは家 ruoktu なの」

そのとおり。そして家、故郷と呼べる土地とは、その土地によく馴染み、その土地が与えてくれるものを知り、その美しさを見抜き、それを守ってゆきたいという気持ちが支えるものだろう。この感覚が、先住民世界への入り口となる。

先住民とは何も特別な人々ではない。かれらはただ、ひとことでいうなら、土地の人々なのだ。すべてが商業化され貨幣が万物の尺度となった現代世界、経済効率と利潤が現実に物質の移送と人々の移住を大規模におしすすめ、「土地から離れてゆくこと」「土地の生命を顧みないこと」を原則として、風景や地形さえもが人為的に改造されるのを当然のように人々がうけいれる現代世界に対抗して、先住民社会は少なくともごく単純ないくつかの原則を守りながら生きてきた。その意味を、よく考えてみなくてはいけない。

われわれはこの土地で生きてきたし、これからも生きていく。

土地が贈ってくれるものは商品=貨幣の論理の外にある。

人間は土地の主人ではない。他の動植物すべてとともに生きる決意が基本中の基本だ。

生命にとって一年のサイクルほど重要なものはない。その中心にあるのは太陽だ。

すべての悪いことはバランスが崩れることで起きる。貪欲ほど忌むべきことはない。

大地のすべては神聖だ。神聖とは、ひとことでいうなら、人間が勝手に手をつけてはいけないということ。

このような原則に立って生きる人々の生活を踏みにじり、破壊し、奪い、追い出したり奴隷化したり殺したりしてきたのが金銭に基礎を置く貪欲な世界で、その状況はそれこそ地球のいたるところで現在もつづいている。しかし、そのような意味での金銭化・抽象化が現代グローバル資本主義世界の趨勢だとして、それに抵抗してそれぞれの具体的な土地の伝統にあくまでも価値を求める人々は、まだまだいる。先住民とは、そういう人々だ。そして現代社会の、生命に敵対する拝金主義を見直そうという気持ちがあるなら、われわれもまたかれらのやり方と考え方を学びなおし、かれらに合流する必要がある。かれらこそ、われわれの先達だ。

ぼくがずっと気になっている言葉にatavicという形容詞がある。カリブ海の思想家エドゥアール・グリッサンはこの形容詞のフランス語形　ataviqueを使って、各地の先住民社会の状況を言い表そうとした。しかし多くの人々はこの形容詞を読みそこなっているように思う。通常、「先祖返り的」と訳されるこの単語は、たとえば遺伝学的にはそのとおりでも、一社会にそれをあてはめるとなると近代がもたらした制度や物資や他集団との交渉を拒絶し、むかしながらのやり方にしがみつく、といういかにも否定的な「遅れた」イメージで捉えられるかもしれない。しかしじつはそこで起きているのははるかに積極的能動的な姿勢であり、むかしのやり方 old ways の重要性を認識し、その実践を復活させ、土地との関係をむすびなおし、また新しい気持ちでここで生きていくという意志の確認ではないか。この光のもとで捉えるならatavicとはいわば「正統過去志向的」なのであり、古来の英知（知識と判断力の複合体）を再実用化しようとする誓いでもある。取り戻されたエスノ＝エコ＝ソフィア（民族＝生態学的＝英知）。

ある土地で、その土地の植物たち、菌類、動物たち、鉱物の体制、地形、気象のすべてに反応しつつ生きるためには、毎年の努力のサイクルを何十年何百年何千年にもわたってくりかえす必要がある。どの土地でも、途方もない努力の上に、生き方のノウハウが蓄えられてきた。商品化された社会は、それを一瞬で忘れる。土地が生むものから遠く離れた人間たち（ひとことでいって都市の住民たち）は、何も知らない、何も考えない。その対極にあるのが土地ごとにその地域の気象と地形に根ざして生存に必要な水と食物を得てきた人たちで、各国で先住民と呼ばれるのはそのような「土地の人々」なのだ。

となかいディナーへの招待

ごくなだらかに波打つ丘陵をさらにしばらく走ると、イマの家に着いた。湖（白く凍結している）にむかって下ってゆくと、湖畔に大きな納屋と小さな家が隣り合っていた。家は新しくはないが、内装はおそらく何度も手が入れられ、きれいに整えられている。居間の壁や棚には家族の写真が非常に古いものから最近のものまで飾られ、まるで記憶の祭壇のようだ。そのまま清潔に整頓された台所＝食堂に通され、窓際に置かれた小さな食卓についた。窓の外にはすぐそこに、湖がひろがり（もちろん増水してもすぐには浸水しない程度には距離がある）、しずけさがひろがる。小鳥の鳴き声が聞こえる。すぐ外の木にかけてある餌台にはひまわりの種か芥子《けし》の種か、そのようなものが置かれて、冬場も何種類かの小鳥たちが定期的にやってくるようだ。うさぎも姿を見せるらしい。きつねが来ることもある、とイマがいった。

イマのおかあさまはたぶん九十歳に近いのではないか。台所で何か料理中。サーミ語もスオミ語（フィンランド語）も知らないぼくは日本語で「こんにちは」といって曖昧な笑顔を浮かべる。曖昧な笑顔こそ日本が誇る文化遺産？　それでうまくいくこともいかないこともあるだろうが、何かが伝われればそれでいいし、伝わらなければ仕方がない。彼女はこっちを見て、軽く頷いたようだったので、いちおう挨拶というか承認は果たされたと考えていいだろう。それからお皿に何かを入れて出してくれた。

「となかい」とイマがいった。となかいの干し肉を鋏で切ったものだった。するめを適当な大きさに切ったものを想像してくれれば、当たらず遠いがそれでも遠すぎることもない。するめとビーフジャーキーの中間みたいな外見。灰色がかった茶色で、やや臭みがあるが気になるほどではない。口に入れるとぱさぱさしているが噛んでいると唾液でほぐれて凝縮された旨味がひろがる。悪くない。これも名前を忘れたがクランベリーかアセロラみたいな実のジュースを出してくれたので、それを少し飲んでは干し肉を食べるとじきに止まらなくなる。

「おいしい。すばらしい場所だね」とぼくはいった。この二つのセンテンスは論理的につながっているとも思えないが、料理ができるにはもう少しかかるので納屋を見に行こうとイマがいって、三人で外に出た。あいかわらず寒いが寒すぎるほどではない。納屋の入り口前は雪が少し積もっていたので、そこに立てかけてあったシャヴェルをぼくが勝手に手にして扉の前の雪をどけ、中に入った。

おー。こーれーはー。中は雑多な古い品物の宝庫だ。それが博物館クラスのものだということは瞬時にわかる。私設サーミ生活博物館？　古道具や家具に混じって、おばあちゃんが愛用していたという伝統的な装飾のついた、上等な毛皮のコートがある。暖かそう。おなじく毛皮のブーツと革靴が数足。二十世紀半ばまでごくふつうに使われていたものばかりだ。イマとぼくは同世代で、ぼくも自分の祖父母の世代の生活はよく覚えている。ぼく自身の祖父母は十九世紀末に生まれているが、一九六〇年代の晩年にいたるまで、かれらは和服で日常生活を送るのがあたりまえだった。それを考えると、ここにあるサーミの伝統衣装がついこのあいだまで現役で、現在でも多少なりとも改まった場では イマが同様の伝統衣装で現れることはまったく当然だ。いわゆる和服をいちども着たことがないぼくには、何かが大きく欠けているのかもしれない。伝統的生活様式なく、ふるさとと呼べる土地なく、動植物をめぐる知識なく。さびしい犬。

納屋の外、軒先には切り分けたとなかいの肉が天井から吊るされている。見たところからからに乾いている。からすその他の襲撃をふせぐためか、ネットで囲われている。これを少しずつ食べながら冬を越すのだろう。

それから外に出てしばらく遊んだ。まず、赤いプラスティック製の橇。家へのアプローチにあたるなだらかな傾斜の途中からそれにすわって走りはじめると、たちまちけっこうなスピードが出ておもしろい。ケイタニーは道路の脇にどけた雪の山につっこみそうになった。それから例の把手つきの、立ったまま乗るスクーター的に構想されたスキー橇。名前は知らない。これもなかなかスピードが出るが、簡単に方向を変えられるわけではないので、あくまでも歩くための補助器具だと考えたほうがよさそうだ。納屋の前の空き地を行ったり来たりして、その感触はつかめた。雪国知らずのわれわれにはじゅうぶん楽しい外遊び。大人の子供遊び。

食事をいただくことになった。「ぜんぶとなかい」とイマがいった。それでもまずは前菜代わりなのか、軽くスモークした魚のスライスを出してくれた。目の前の湖で夏のあいだにとれた魚らしい。英語ではホワイトフィッシュというものだと思うが現地名は知らず。それにスライスした玉ねぎと、ディルの葉が添えられている。表面を焼いたチーズ。他はすべてとなかいの肉だ。骨つきのまま切られた肉をやわらかくなるまで煮込んだシチュー。やや太い骨を10センチほどの長さに切ったものをくれたが、これは骨髄を骨から押し出して、溶かしバターのように肉につけて食べるといい。煮込んだブロス（汁）をマグカップに入れてくれた。これはまちがいなく体を芯から温める。ブラッドプディング、つまり血を茹でて固めたものも。いちばんおいしかったのは丸ごと茹でた舌で、これも塊のままもらって自分で切りながら塩をふっていただいた。量はとにかくたくさんある。赤いベリーのソースをつけて、これ以上は食べられないよというところまで食べた。肉を食べ終えてから、ビスケットのように硬く焼いたパンをいただいた。力がみなぎってくる気分(この段落、なぜかカタカナ表記の英単語を多く使ってしまった。すべて日本語でいい表す努力が必要だと日頃思っているのに)。

「これがサーミの伝統食なんだね」とぼくはいった。

「感動しました」と小島くんがいった。

となかいを放牧し、となかいとともに旅をし、となかいを服として着て、となかいを食べる。現在、イマの家ではとなかいを飼っていないので、肉は誰かにまとめて分けてもらうのだろう。しかし乾肉も冷凍肉もたっぷり備蓄してあり、一年中それを食べて暮らす。それ以外の、スーパーで買った食品も冷蔵庫にはあるが(野菜、ヨーグルト、ジュース類など、特に水で割って飲むブルーベリーのシロップはうまい)となかいは特別で、それを毎日食べても食べ飽きることはない。ありえない。

この煮込んだとなかいをいただいてぼくが思い出したのは、アメリカ合衆国南西部の高原沙漠に住むナヴァホのことだ。アメリカ合衆国先住民の最大部族であるナヴァホは、もちろん完全に現代化された生活を営んでいるが、祝いごとなどの宴には伝統料理を用意する。羊の煮込み、そして揚げパンだ。伝統料理というものの、どれほど古いものかはわからない。おそらく二百年くらいではないか。あるとき、ナヴァホの友人の結婚式に招かれて、出されたのがそれだった。羊を煮込んだステューは味がつけてなくて、食べるときに自分で塩と胡椒を入れる。それだけで十分にうまいが、だし文化で育った日本人の舌には、何かもう少しアクセントがほしいなと思うのも事実だ。たとえば三種類のだし、動物性（かつおぶしやいりこ）、植物性（昆布）、菌類（きのこ関係）をあわせて使ったなら、羊やとなかいの単純煮込みがどれほど飛躍的にうまくなるか、とは思う。

だが、とぼくは気づいた。そんなことはどうでもいいのだ。料理に「うまみ」を求めるのは、われわれがそのような文化・社会で生きているからにすぎず、だし的な「うまみ」を一切加えずに一種類の肉だけを茹で、その茹で汁と一緒に食べることが「食べる」ということだと決めているかれらにしてみれば、「うまみ」の追求などまったくどうでもいいことで極寒の日に家に戻り消耗しきった体を回復させてくれる肉スープがあれば黙々とそれを食べ、それが最高の食物で、それ以外の味など別に欲しくもない、ということになるのではないか。美食追求などという消費社会の無為の生き方は、かれらにとって憐れむべき悪癖にすぎないだろう。

ゆっくりと食事をいただいてくつろいでいると、すでに夕闇が近い。

「これが私たちの生活」とイマがいった。

「ほんとうに美しい土地だね」とぼくはいった。

「また夏にいらっしゃい」と彼女はいった。詩人はいつもおだやかだ。

彼女の詩をひとつ紹介しておこう。タイトルはない。博物館SIIDAで、サーミ語・フィンランド語・英語の三言語で展示されていた短い詩だ。

雲の裂けめに
私は錨をひっかけて
一本のロープをどんどん登ってゆく
白樺の林のずっと上まで
そこで薬指だけちょこちょこ動かして
蟻たちにさようなら
いろいろありがとう

いつか必ずやってくる自分のこの土地との別れが念頭にあることはまちがいない。ぼくもこの歳になって、そんな気持ちはよくわかる。花々が咲きみだれ、一日の大半が明るく、動物たちが活発に活動し、蚊も多い、蟻もきっと多い、この湖と平原の地方の夏。さっき見たあの雪原はどんな驚くべき光にみたされることだろう。北極圏の夏。ほんとうに、また訪れてみたい。

生命がこぼれるようなこんな土地がここにあることへの感謝を、イマは書いた。土地の記憶こそ、誰にとっても、この世の最終的な思い出だ。いろいろありがとう。私は忘れない。

だがぼくにとって、そんな土地はどこかにあるだろうか。

旅と追憶、追悼

コテージの最後の夜、白樺の薪を焚いて部屋をじゅうぶんに温め、紅茶を飲みながら小島くんとぼくはぽつぽつと話をした。ふたりともあまりおしゃべりなほうではないので、会話は空気の抜けたボールのように弾まないが、それで気まずいわけでもない。話がとぎれれば外に出る。夜空を見る。雲が流れてときどきわずかに星が見えるのだが、晴れ上がりはしない。オーロラは今夜もむりかな。しかしすでに述べたようにオーロラを見ること自体が偶然に左右される以上、見えないならそれで仕方がない。ぼくは皆既日蝕にもずっと興味があって、いちどはそれを見たいものだと思うが、完全に予測・計算可能な日蝕観測のベルトを追って世界中を旅しそれを体験するまでの意欲はない。あくまでも自分の生活圏が偶然にも日蝕地帯に入り、ふと見上げればその天《あま》の岩戸《いわと》級のスペクタクルがいつのまにか行われているというのでなければ、大した意味はないと思う。天文事象と地表の人生は、その程度の関係でいい。

でもわれわれにはまだ語るべきことが残されていた。

「こうして賢治詩集をもってサプミまで来るという旅を実現してしまったわけだよね。現代サーミの人々としては、バスの運転手や高校生たちにも、あのとなかい師にも会ったし、イマのお宅でサーミの伝統生活と味にもふれることができた。それでまた、最初の問いに帰ることにしようか。賢治さんはなぜ北をめざしたんだろう。青森に、サハリンに、何を求めたんだろう」

「妹のトシが死んで、死後の生存というか意識の残存のことを真剣に考えたんでしょうね。もちろん、そうしたことは誰もがいつでも考えてきましたが、ほんとうに身近な誰かが亡くなってはじめて、その問いがそれまでになかった切実さをもつこともあるのでは。死後に意識が残るというわけではない、でもひょっとしたら死者がある種の通信を試みてくることがあるかもしれないという気持ち」

「そうだね。確証はもてないので、すべては半信半疑の状態だろうけど」

「あるいは究極のところ、トシならトシというひとりの死者が問題ではなかったのかもしれませんね。もっとはるかに広い、死者たちのゾーンへの通路があるとして、それがあるなら北の海と大地のどこかだと考えたのかもしれない」

「そのほうがぴったりくる気もするね。死者をあきらめたあと、もう二度と帰ってこない死者ではあるけれど、死者には死者の国があり死者の生活があると考えるのは大きななぐさめになるし。〈死後の世界〉とはホモ・サピエンス・サピエンスの最大の発明品だと思うけれど、それを発明することでやっと心に余裕ができたのか、それで恐怖心を克服できたのか、とは思うよ。どこだったかな、中南米の森の先住民で、死者の村は川のむこうにあり、そこでは生前とまったくおなじ姿で死者たちが生活していると考える人々がいたけど、そんな土地が賢治の想像力の中では北にあるということ？」

「そんなふうに生者の世界と死者の世界が同型かどうかは、じつはどちらでもいいことだと思うんですよ。死後の生き方というか存在の仕方が、生きているわれわれの生き方とおなじだと考える必要はない。もっと漠然とした、時間とか因果関係とかを無視したひろがりとして、死者の空間があるのかもしれない。するとそれをどこに仮定的に置くかというと、なぜか北がそれにふさわしいと思えたんじゃないか」

「ニンゲンて、自分が生まれ育った緯度にすごく左右されるものだと思うけれど、たしかにぼくらみたいな中緯度人から見ると、南のほうは濃密で生命力がうごめいている混沌の場所、北のほうは広大で荒涼としていて希薄で人がきわめて少ない清浄な場所という感じがするよね。すると死者たちがしずかにのびのびと存在をつづけるとしたら北か、という気はしなくはないな」

もちろん、生命の惑星としての地球はどこにいってもそれぞれの場所で〈生命〉という濃密なひとかたまりが息づいていて、場所ごとの個別の表現がどれほど異なっていても――沙漠、密林、海、島、高原、湿地、汽水域――どこでも必ず生命の律動と生きる試みが見られる。死は生と対立するものではなく、死を多様に織りこんだかたちで生がさまざまな花を咲かせているのも事実だ。

たとえば「青森挽歌」「オホーツク挽歌」「樺太鉄道」といった賢治の詩が語ろうとする何かに触発されるかたちで、ぼくらは北への短い旅を試みた。それは日頃の自分たちが生きる日常生活の条件と地形と気象をがらりと変化させることによって、われわれの生というとなかいを一度原野に放ち、別の苔や草を食わせ、次の冬を生き延びる体力をつけさせるようなものだったのかもしれない。

それからサーミの詩をもっと読みたいと思って、インターネットで探してみた。出会ったのはウツヨキの若い詩人、ニラス・ホルムベリ（Niillas Holmberg）。『足の下』という詩集からの短い詩が紹介されていた。

それでもやってくるんだ、子供たちは
木の葉の耳をしている、子供たちは
生物としての文法を身につけて

ブルーベルの戦術だ
すべての単語は形容詞であると証明する

花咲く草原を見てごらん、戦略だ

この大地で世代が終わることはない。当分は、ないだろう。土地と、その生命にむすばれた人間たちは、これからもここで生きていくことを学んでいくだろう。彼にもいつか会ってみたい。そして地球で生きていくことについての、彼の土地からの考えを聞いてみたい。

さようなら、知らない犬たち

ロヴァニエミに戻った。サーミランドの大地を踏んだあとで、この現代都市に戻って、気分は充実していた。ものすごく大きな課題を抱えこんだ気もする。この世のほんの小さな一部ですら、われわれは知りつくすということがない、それは当たり前。ましてや一週間ばかり訪れたこの北の土地について、何の確定的なこともいえるはずがない。けれども心は何かを学び、それを教えてくれたのは言葉にされた思考の痕ではなく、いつもそこにいればいるだけで自分の周囲を全面的にとりかこんでくれる土地と大気のまるごとの触感だった。

最後の一日、ケイタニーはとなかいレースを見にいくとのこと。ぼくはまた振り出しに戻ってArktikumを訪れたり、街をのんびり歩いたりしたかった。ノートと本をもってしばらく仕事ができるようカフェにでも入ろうかと中心街に行くと、小広場でドッグショーをやっていた。ウェストミンスターのような多犬種のショーではなく、単犬種のものだろうか。ハウンド系か牧羊犬系、ただし長毛種ではなくミディアムヘアで耳が立った中型犬で、敏捷かつおとなしい印象をうける。これがあのLapinporokoira（ラップランドとなかい犬）なのかな。ドッグショーのお決まりで、ハンドラーとともに歩かせたり走らせたりしながら、その体型と稟性を見ていく。小学校四年生のとき、うちで飼いはじめたばかりのブルドッグのトビーと一緒にドッグショーに出たときのことをなつかしく思い出す。トビーがまだ三、四か月の子犬のころで、訓練も何もなく、ただじっと立たせ、ついで歩かせることに必死だった。ひとしきり苦闘したあと、Baby Championと記されたピンク色のリボンをもらった。

犬を見ているのは好きで、飽きない。犬種の命名規則も、なかなかおもしろいと思う。ラピンポロコイラの場合、「ポロ」がとなかいで「コイラ」が犬。となかいを飼う手伝いをする犬がとなかい犬。羊を集めるのはシープドッグ、すなわち、ひつじ犬。牛にけしかけるのがブルドッグ、つまり雄牛犬。このすべてをわざと誤解して、となかいと犬の、羊と犬の、牛と犬の、あいのこ的動物を想像するのはどうだろう。ばかげているが、楽しいイメージだ。ここにきょう集っている犬たちは、大きさも体の特徴もほぼ似ているのだが、色だけは茶色がちのと白黒のがいて、どうやら別犬種として分類されているようだ。名前を訊いたが聞き取れなかった。犬は分類され、形質と性格を固定する目的で系統繁殖させられる。もともとはある地域に自然発生的に溜まっていた遺伝子プールの表現型だった犬が、人間の意図によって「犬種」として分化しはじめる。ドッグショーは犬種の確定と維持を目的としておこなわれるもので、それは不自然ないしは反自然ではないかといわれればそのとおりだろう。だが、そのようにして成立する「犬種」に、それぞれの独特な魅力があり、外見だけではなくある程度そろっていると期待できる性格・気質があるのも事実だ。犬の性格は遺伝が大きい。植物の品種とともに、人間の文化実践の例だということはまちがいない。

となかいレースを見に行ったケイタニーは雨にふられ、濡れながらバスを待ったらしく、けっこうずぶ濡れになって帰ってきた。レースは楽しめたようだ。最後の晩餐に出かけようか。ちょっといい中華料理店に行くことにした。まだ新しい店で、店内の調度は中国直輸入の雰囲気、しかも妙に高級感のある食卓や椅子、飾りの大甕などが並べられている。こんなふうに世界のどこに行っても適当に「中国的空間」を出たり入ったりしながら生きてきた、旅をしてきた。これからもそれは、しばらくつづくんだろう。だが化石燃料で飛ぶ大型旅客機による大衆世界旅行の時代は、すでにとっくに終わりが見えているような気もする。その一方で、想像の旅は無限だ。想像の通信も。それらがこの地球の現実をどのように造形し、歯止めをかけるべきことに歯止めをかけられるか。われわれが直面している現実は、すべてが誰かの想像の結果なのだ。人間は自分たちが着手し、産業革命以後、特に二十世紀後半以後、極端に激化されてきた地球と生命の破壊を、やめなくてはならない。このままではつづかない。そのことをいつも考えつつ進む必要があるし、有効な制限はまず、われわれ個々の人間の心にはじまるとしかいえないのかもしれない。

ところでフィンランドには、もともとハスキーはいません。観光犬ぞりはハスキーを揃えて迎えてくれるけれど、人間が乗ったり狩猟に使われたりするイヌイットのような犬ぞりは、サーミには元来なかった。小さな荷物を載せた橇をひかせることはあったかもしれない。使われた犬はハスキーよりもラピンポロコイラにずっと近かっただろう。あるいはライカ犬に。このあたりもいつか調べてみよう。

道が見つかったらそれがそれだ、迷うな、そこを行け

最後にもういちど賢治さんの詩を引用することを許してください。

みなさんは詩集というとそれが本のかたちをしているから本として読めるものだと思っていると思いますが、それはちがいます。詩集は読めたり読めなかったりします。本には、どんな本にも、読める部分と読めない部分があって、大理石の模様のように互いに入り乱れているのは、むしろあたりまえのことでしょう。特に詩集はそうで、詩にはすっと心に近寄ってくる部分と、どうにもよそよそしい部分が混ざり合っている。その紋様は時の経過によっても変わる。印刷された詩というとそれでかたちはそれ以上は変わらないわけですが、読み手の立場からするとある作品には出会うべき時があり、以前には見過ごしていた詩が別の時

になると新しい光が当たったようにくっきりと読めることがある。それはこっちの心が変わったせいもあるだろうし、何か知識がついてその知識に助けられたということもあるでしょう。ともあれ、一冊の詩集の中でも、以前には特に注目したこともなかった詩が、がぜんみごとなりんごの果実のように輝き、よい香りを放っているのに気づくという経験は、たしかにあるようです。

それで今回、イナリの雪原で新たに出会い直した賢治の詩で、どうも気になったのがこの詩だった。ぼくは雪原というか凍った湖の上につもった雪のその上で、これを朗読した。その場でケイタニーに見せられたのだったか。この詩のこと自体忘れていたが、読みながら電撃的な衝撃を味わった。

野馬がかってにこさへたみちと
ほんとのみちとわかるかね？
なるほどおほばこセンホイン
その実物もたしかかね？
おんなじ型の黄いろな丘を

ずんずん数へて来れるかね？

その地図にある防火線とさ
あとからできた防火線とがどうしてわかる？

泥炭層《でいたん》の伏流《ふくりゅう》が
どういふものか承知かね？

それで結局迷ってしまふ
そのとき磁石の方角だけで
まっ赤に枯れた柏のなかや
うつぎやばらの大きな藪を
どんどん走って来れるかね？

そしてたうとう日が暮れて
みぞれが降るかもしれないが
どうだそれでもでかけるか？

はあ　さうか

（『春と修羅　第二集』より「三二九〔野馬がかってにこさへたみちと〕」）

すばらしい詩だ。これから出かけていく者に対して、きみは道を見分けることができるのか、きみはほんとうに出発するのか、あぶないぞあぶないぞあぶないぞといろいろな不安材料を列挙し、それでも意志をひるがえすようすがない相手をつつみこむような、あきれた諦念とあたたかみにみちた最後の「はあ　さうか」が微笑を誘う。

そしてぼくが衝撃をうけたのは何よりも冒頭の「野馬がかってにこさへたみち」というフレーズで、それに戦慄を覚え、同時に、陶然としたのだった。この詩で詩人は忠告を与える側と受ける側に分裂している。思いとどまらせようとしている人間でも、断固として出発するつもりの人間でもある。読み終えて最初に戻ると、そもそものはじまりに置かれた、野馬がつくった道と人間の道の対比は、偽の道と真実の道という精神的な求道の話を、いやでも背後に響かせていることに気づく。それは賢治の賢治らしいところでもあるだろうし、それにより詩は寓話にもなっている。

だが、ぼくがここにその場で（イナリ湖の上で）見出した気になってびっくりしたのは、このそもそもの最初の問いの両義性なのだ。ストレートに考えるなら、詩のメッセージは「迷ってはいけないよ、ほんとうの道を行くんだよ」と教え諭す気持ちに近いだろう。作者だってたぶんそのつもりで書きはじめたことだろう。でも、もう一度読んでごらん。究極のところ、行く道は人間たちがあらかじめ確立しているほんとの道でも、野馬たちが勝手に雪を踏みしめてつくった道でも、どちらでもいいのではないのか。詩で、語りかけられる相手は、いちども返事をしていない。「わかるかね?」無言。わかろうがわかるまいが、私は歩いていきますよ。道はそこにあるので。さらにいえば、人間がつくった道に劣らず、野馬がつくった道だって、私にはいいのです。それもまたどこかにたどりつくのですから。しかも人間たちの考えではわからない、この土地のどこかへ。

そう考えたとき、この詩がもつ情感のひろがりに、ぼくは改めて気づき、打たれたのだった。賢治好きの人たちにも賛成してもらえない意見かもしれないが、詩にはそういうところがあるので仕方がない。作者だって意図しなかったかもしれないかたちで、詩が(あるいはその一部が)新しい地平や森や湖をめざしてしまうことがあるはぐれ狼のように。それもまた、賢治をサーミランドに携えてきたことの意味ではないか。

するとそのとき雪原の上をとなかいが歩いてきたのだ。

「やあ、こんにちは」とぼくはいった。「お元気ですか。となかい苔をもっていなくてごめん」

するととなかいは、そんなことはどうでもいいんだよ、といった。でも正直に答えてほしいんだ。大切な質問だから。きみは死後の魂の残存を信じているのか。

「むずかしい質問だね。いや自分の中ではとっくに決着はついているんだけど。どう説明すればいいかな」

そもそもきみたち、ケンジの死後の魂を信じて、その魂とともにここまできたつもりなんだろう、ぼくたちのふるさとであるこの土地に。

「うん、それもそうともいえるし、そうではないともいえる。曖昧な部分があるんだよ」

だったらそれを聞かせてもらおうか。さもないとぼくらだって落ち着かないよ。きみたちにさんざん肉を食われたり、きみたちのために橇をひかされたり。それに対するお礼のひとつくらいいってもらってもいいだろうにねえ。

「あ、ごめん、ごめん、そのとおりだね。感謝してる。説明するよ。うまくいくかどうかわからないけれど」

するとケイタニーが「いったい何をぶつぶついっているんですか」と訊いてきた。

「あ、なんでもないよー。ひとりごとですから」とぼくは犬の舌を出しながら答えた。でも目に見えないとなかいはそこにいてニンゲンの言葉を話しながら、ぼくに単刀直入に問いをつきつけてくるのだ。この湖＝雪原の上で。死後の魂の残存について。

ぼくはオカルト嫌いだし神秘主義者でもないので、答えは決まっている。死者との通信は許されていない。何をどうしても、共有されたおなじ時間において、またその死んだ相手と会うということはおきない。いま北をめざして暗い海をわたる船に乗っていたとしても、その行き先の港にも、そのむこうにひろがる土地にも、会いたかった死者がいないことはわかりきっているのではないか。でもまたそういう想像を頭から追い出すことはできない。できなければ、できないということ自体がなんらかの力の作用だともいえる。つまり死者が働きかけているからそう思える。これもまた子供じみた、うさぎがあひるの卵を生むような思考だが、きみが小学生のころから現在までに何かそんな気がしたことがないと断言するなら、むしろぼくはそれに驚く。

死後の魂についての考え方は、ぼくの場合、中学生のころから変わっていない。肉体（というか脳）なきところに魂はない。肉体の生命なきところに魂はない。魂は残らない。はい、電気を消しますよ、ぱちん。あとは永劫の沈黙。別にそれでかまわない、それでさっぱりしている。でもそれと哀悼の気持ち、追憶の要請は、また別の話だ。

よく知った死者はその表情とともに数々の言葉を残していった。記憶とは人の心のすべてとおなじくイメージと言葉の混合物で、ある死者もそのような混合物として記憶されているものだろう。かれらは死後にも、そのような独特な塊として存在をつづけている。それは私たちの心の中にしかないものだが、おもしろいことにそのような「イメージと言葉の混合物」というボディ（肉体ではないがそれなりにはっきりした塊）はたしかにある。話しかければ答えてくれる。たとえば死んだ友人は、そのようなかたちで、きみ自身とともにいつもそこにいる。反応が予測できる。そういうと思ったよ、といってきみが笑えば、むこうも笑ってくれる。迷いごとがあれば相談にも乗ってくれる。そうするのがいいね、ときみがいえば、ね、きっとそうだ、と得意げな顔をする。

つまり魂の残存とはそういうことではないか。ひとりひとりの人間は言語的構築物でもあるが、言語的な構築はすべて関係の中にある。ある人が死んだ、肉体を失った、もう帰らない。言語的構築物としてのその人もこの世から失われた、もう戻らない。われわれが生きている、この世界を構成する言語的フェルトでできた広大なひろがりから、その死者の分だけフェルトが切り抜かれてしまった、残されたのは切り抜かれたあとの白。無。われわれはその切り抜かれた部分を思い出し、呼びかけ、語りかけ、じっと反応を待つ。反応は返らない。だが何かが聞こえた気がすることもある。その反応の不確実さを含めて、切り抜かれた影がわれわれにはいつもつきまとっている。時にはそれが、人の行動を左右することもある。野馬がこさえた道を行かせることもある。その死者を言語的構築物として覚えている人がいるかぎり、死者の魂はまだこの世にとどまって、魂自体には力がなくてどうすることもできないので生者に働きかけて何かを果たさせる。たとえば旅を。たとえば思想、思考を。あるいは音楽を、歌を。

ぼくらの旅は気まぐれにはじまり、いわばとなかいがこさえた道に迷いこんで終わった。確実にいえるのはサーミランドの北極圏で賢治のいくつかの詩を声に出して読み、その土地の空気をふるわせたということ。賢治さんは、きみたちなんか知らないぞというだろう。だが確実に、ぼくらを動かしたのは賢治の死後の魂だったといっていいだろう。言語に、詩に、それが宿っていた。存在ではなくても、存在のある種の傾向のようなものとして宿っていた。そして賢治がかつて「北」という方角に託そうとしていたものを、そのかけらを、ぼくらは現実にそこまで運んでいった。あとはニンゲンの力ではどうにもならない。となかいに託すことにします。

アントロポセンブルース——あとがきに代えて

小島敬太

アスタ・プルッキネン（Asta Pulkkinen）さんの絵が表紙になり、夢が一つ叶った。思えば、アスタさんに手紙を書きたい思いで、フィンランド語を学びはじめたのだった。

白夜の頃、アスタさんの住むホーロラ村で舞っていた白い綿毛を思い出す。管さんとわたしをアスタさんへと繋いでくれた、二〇一九年の詩祭ラハティ・ポエトリーマラソンに感謝したい。

ラハティの湖上舞台に二人で立ってから五年以上、詩人と歌手の凸凹コンビに併走してくれた白水社の杉本さんのおかげでこの本が生まれた。その他、様々な形で、旅に関わってくださった皆さんに感謝を伝えたい。

管さんとは、これまでいろんな場所に行き、たくさんのステージに立ったけれど、二人の意思でどこかへ旅をしたことはなかった。とはいえ、短いものは一度だけある。二〇二三年夏。二時間にも満たないほどの旅だった。

福島の新地町で、『ザ・レディオ・ミルキー・ウェイ』ラジオ朗読劇『銀河鉄道の夜』舞台版」の初日公演を終えて、迎えた朝のこと。

「小島くん、海を観に行こうか」

ホテルのラウンジで偶然会ったわたしたちは、フロントで自転車をレンタルすると、焼けつくようなアスファルトの上を海に向かって漕ぎ出した。

町は静かだった。真っ青な田んぼに羽を休めるサギの姿が見える。前方を走る管さんの背中を追いかけながら、しばらく自転車を漕いでいくと、コンクリートの高い壁が見えてきた。それは堤防だった。すぐそばに堤防の上まで続く坂道があり、登りきれば太平洋が見下ろせるはずだ。

管さんは立ち漕ぎをして、スイスイと堤防の上に辿り着いてしまったが、わたしは途中で足が上がらなくなり、自転車を降りて押しながら、息を切らして坂道を登っていった。

一足ずつ歩みを進めるごとに、堤防の向こうから聞こえる潮音が大きくなる。堤防で遮られていた低周波が強まり、耳の鼓膜がふるえ、体が驚いていた。得体の知れない音の塊に、恐怖に近い感情が湧き上がる。町の静けさによって保たれていた、わたしの心の平穏は、この巨大なコンクリートの壁に守られていたことにようやく気づいた。

坂道を登りきったところに自転車を置く。それから靴を脱いで、反対側の斜面から波打ち際に降りていく。テトラポッドを越え、砂まみれになった足を海水にひたす。波の勢いに足を掬われそうになり、思わず足に力を入れる。

朝の日ざしを浴びた海は、どこまでも光り輝き、あらゆる音を飲み込み、轟《とどろ》いていた。生も死も溶け合う混沌、命のノイズに包まれながら、百年前、同じように、オホーツクの波打ち際でふるえていた賢治を想像した。

隣にいる管さんは、何も言わずに、白髪を靡《なび》かせ、ただ耳を澄ませているだけだった。それは、サーミランドでも変わらなかった。彼はいつでも、文明の力で守られることのない、不安定な「波打ち際」に素足で出ていって、目の前に広がる世界に驚き、ふるえていた。わたしよりも戸惑っているようにさえ感じた。立ちすくんだその背中から伝わってくる。わかった気になるな、耳を澄まし続けろ、と。

〝わかった気〟を手放したとき、自分を取り巻く環境との「ほんとうの」関係が始まるのかもしれない。そうすれば、となかいも熊も、白樺も岩も、誰もが皆、わたしたちを波打ち際へと導く「師」となる。賢治にとって、どんぐりが、かしわばやしが、北斗七星が、きっとそうであったように。

「さあ、そろそろ帰ろうか」

砂浜の目立たぬところに、詩人は詩の貝殻を、わたしは歌の貝殻をそっと置く。いつか誰かが拾い上げ、耳にかざした巻貝の向こう側から来る音に、ともにふるえてくれるかもしれない。

百年前に賢治が置いた貝殻を拾った、わたしたちのように。

そうだね、管さん、帰りましょう。そして、また来よう。この場所に。

アントロポセンブルース

冬眠中の熊が
寝息を立てている

命まるごと音にして
星ふるわせる
体まるごと耳にして
あなたと眠る

となかいの足音が
何かを伝えてる
氷のかけらを粉々に
ヒヅメのかなたから

アントロポセンを
あなたと歩く
体まるごと耳にして
すべて、あなたの
おっしゃるとおり
言葉のかなたで声がする

雪に埋もれた岩が
何かを歌ってる
命まるごと夢にして
太古のかなたから

すべて、あなたの
おっしゃるとおり
アントロポセンを
あなたと眠る

ぼく、ザウエルは――あとがきに代えて

管啓次郎

「ほら、からすうりをあげるよ」と誰かがいって
青く光る実を舟の上からほうってくれた
かじってみたよ、でもまずいな
星祭のために人々は気もそぞろ
川面を流れてゆく烏瓜の光に
逆に夜空がぼんやりと明るい
犬は星を見ないっていってきみたちは思うだろう
ちがうよ、ぼくらは星空に吠える
シリウスにもケンタウルスにも吠えるし
流れる雲、怪しい霊にも吠える
それくらいすべてにびんかんなんだ

「ザウエル、肉まんだぞ」といって
マルソがおいしいものをくれた
特別な夜だからね、こうこなくっちゃ
星祭はこの町のはじまりを祝う夜
ぼくはハフハフといいながら肉まんを呑みこんだ
するとそのとき
大きな水音がして悲鳴が上がった
それを追うようにもうひとつの水音
「ザネリが川に落ちた！」と誰かが叫んだ
追いかけたのはカムパネルラだ
ぼくもとっさに水に飛びこんだ
三つの連続した水音だ
考えるより先に動いてしまうのがぼくらだから
知ってるんだ、ザネリはあまり泳げない
すばやいカムパネルラがザネリの背中をつかまえて
舟のほうに押し戻した
ザネリはカトウにつかまって助かった

でも、ああ、ああ、カムパネルラが……
ぼくははじめ二人のすぐそばに泳ぎつき
ザネリが引き上げられるのを見届けた
水はつめたく夜空はさえざえとして
一瞬どちらが上でどちらが下か
わからなくなったくらいさ
どちらが川でどちらが空なのか
どちらが星でどちらがその反映なのか
どちらがたしかなものでどちらが無なのか
いちどすっかり水に沈んでしまい
また浮かんであわててあたりを見わたすと
カムパネルラがいない！
子供たちが狂ったように呼んでいる
町の大人たちも気づきカムパネルラを呼ぶ
なんと恐ろしい、凍りつくような遠吠えだろう
でもどこにもいないんだ、あのともだちは
ぼくが大好きでいつも後を追っていた

あのカムパネルラは
ぼくは水に潜り目をあけて辺りを見たが
見えるのは緑の水草と暗い色の水ばかり
ああ、ああ、カムパネルラ、どこにいる
次にぼくが思ったのはジョバンニを
探しに行かなくちゃということ
いつもひとり働いているジョバンニは
お祭りにもまだ姿を見せていない
ぼくのともだちジョバンニよ、大変だ
ぼくのともだちカムパネルラが水に落ちたぞ
ぼくは岸辺に上がり思い切り身をふるわせた
水滴が飛び散り、それから駆け出したんだ
きっと丘のほうにいる、ジョバンニは
水際は騒然としていて聞こえるのは
連打される鐘の音のように聞こえるのは
カムパネルラの名前だけ
ぼくに気づく人はいない

まっさおになってふるえるザネリの姿が見える
ぼくは濡れた体でかけだした
ジョバンニ、ジョバンニ、大変だ
ジョバンニ、ジョバンニ、どこにいる？
川沿いを走りながらぼくはわんわんと吠えた
星が次々に降って光の雨みたいだ
走るぼくの体からも水が飛んで
ぼくの体もまるで星になったようだ
小さな、すばやい星、大きな犬、走っている
いっしょにカムパネルラを探すために
ジョバンニを探して

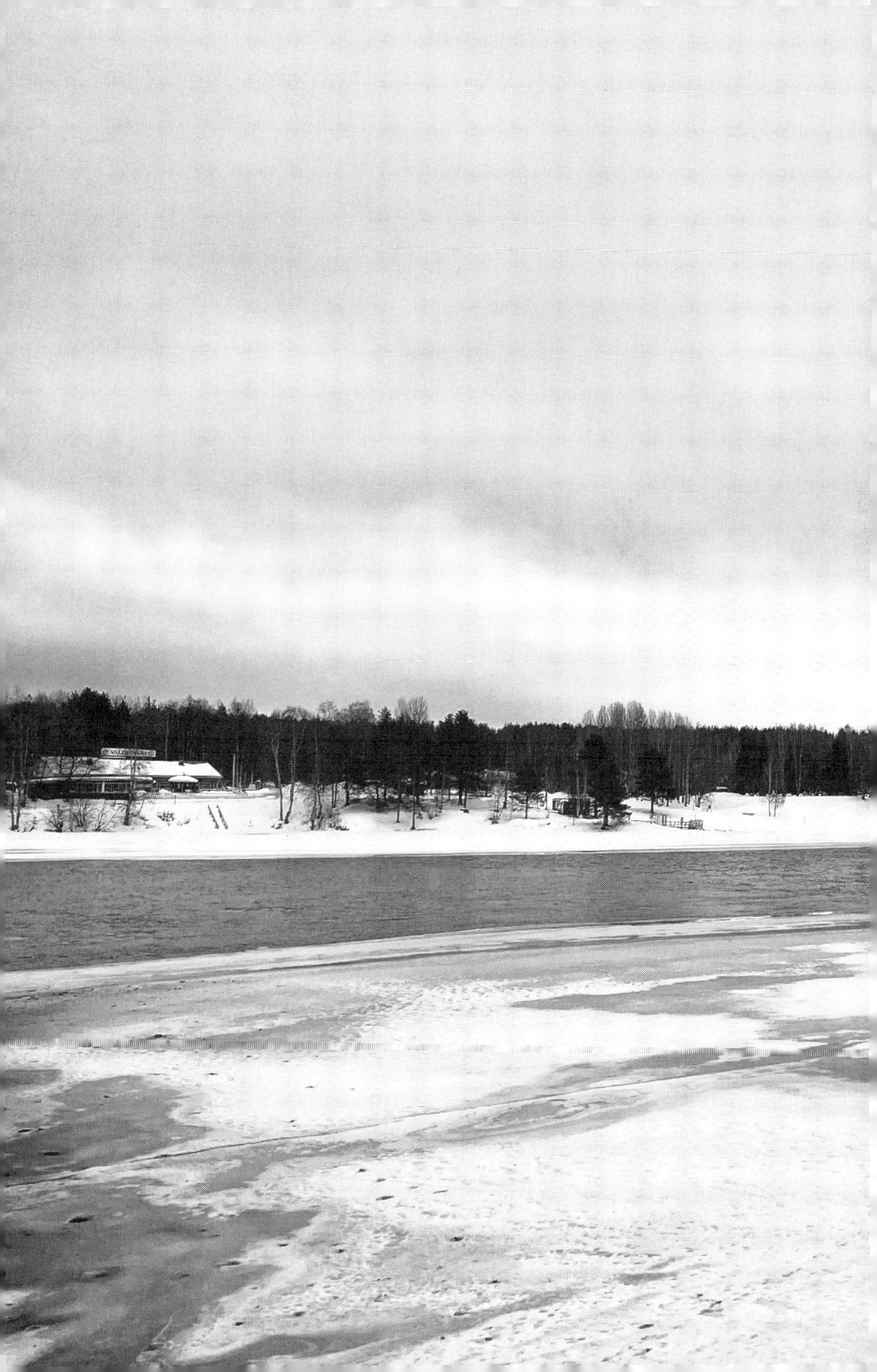

参考文献（若干の解説つきで）

宮沢賢治

宮沢賢治の作品については、詩・物語ともに新潮文庫『新編　銀河鉄道の夜』『新編　宮沢賢治詩集』ほか、ちくま文庫『宮沢賢治全集』全十巻を広く参照した。ここでは個別には記さないが、作品の引用は、特に記したもの以外は、ちくま文庫『宮沢賢治全集』に拠り、適宜ルビを振った。

宮沢賢治関連書籍

・古川日出男『春の先の春へ』（左右社、二〇一一年）
　――震災後、古川が賢治のいくつかの詩を朗読した。その壮絶な声のパフォーマンスを収めたCD本。
・古川日出男（脚本）、小島ケイタニーラブ（音楽・歌）、管啓次郎（詩）「朗読劇　銀河鉄道の夜」「現代詩手帖」二〇一二年三月号（思潮社、二〇一二年）
　――二〇一一年クリスマスに初演された朗読劇「銀河鉄道の夜」の最初期台本。翌年から柴田元幸が加わり、各地での上演ごとにシナリオも演出もどんどん変容を遂げるようになる。

・古川日出男、管啓次郎、柴田元幸、小島ケイタニーラブ『ミグラード　朗読劇「銀河鉄道の夜」』（勁草書房、二〇一三年）
――柴田元幸が加わって四人体制で東北被災地各地を巡業したシナリオを収めた一冊。他に柴田元幸「注文の多い翻訳者たち」、管啓次郎「三十三歳のジョバンニ」、小島ケイタニーラブ「5つのovoj」を収録。
・多田幸正『宮沢賢治とベートーヴェン　病と恋』（洋々社、二〇〇八年）
――ベートーヴェンの楽曲、特に交響曲第五番《運命》は、賢治作品のみならず、その人生に多大な影響を与えた。自然への愛着、作品に対する執拗な改稿など、二人の共通項の先に、ベートーヴェンの似姿でない、賢治その人の生身の姿が浮かび上がる。
・堀尾青史『年譜　宮澤賢治伝』（中公文庫、一九九一年）
――書簡や関係者の談話も交え、賢治の軌跡を辿る。妹・トシの死の瞬間やその前後の言動から、賢治の張り裂けそうな思いがつぶさに伝わってくる。

フィンランドおよびサーミ文化全般

・荻島崇編『フィンランド語　基礎1500語』（大学書林、一九九〇年）
・かくたみほ『MOIMOI そばにいる』（求龍堂、二〇一七年）
・小泉保『カレワラ神話と日本神話』（NHK出版、一九九九年）
・小泉保編訳『カレワラ物語　フィンランドの神々』（岩波書店、二〇〇八年）
・小谷明『北欧の小さな旅　ラップランド幻想紀行』（東京書籍、一九九五年）
・清水道尾・作　阿嘉まさご・画『遥かなトナカイの国』（岩崎書店、一九九一年）

・スズキコージ文・絵（サカリアス・トペリウス原作）『氷の巨人　コーリン』（集英社、二〇一四年）
・津田直『SAMELAND』（limart、二〇一四年）
・増田隆一『ユーラシア動物紀行』（岩波書店、二〇一九年）
・三木卓・詩『写真集　ラップランドの四季』（サンタ・プロジェクト実行委員会、二〇一五年）
・山川亜古『ニューエクスプレスプラス　フィンランド語』（白水社、二〇一八年）
・吉田欣吾編『パスポート　初級フィンランド語辞典』（白水社、二〇一九年）
・吉田欣吾『フィンランド語のしくみ《新版》』（白水社、二〇一四年）
・ニルス＝アスラク・ヴァルケアパェー『ヨイク能　白霜頭と　夢見る若者』（大倉純一郎訳、DAT、二〇二〇年）
・ヨハン・トゥリ『サーミ人についての話』（吉田欣吾訳、東海大学出版会、二〇〇二年）
・リョンロット編『カレワラ』（上・下巻、小泉保訳、岩波文庫、一九七六年）
・Martti Anneberg. *Alta Vita: Porokultuurin ja Lapin luonnon tietosanakirja.* MÄNTYKUSTANNUS. 2010.
・Emilie Demant Hatt, collected and illustrated by. *By the Fire: Sami Folktales and Legends.* Trans. by Barbara Sjoholm. The University of Minnesota Press. 2019.
・Mircea Eliade, ed. *Encyclopedia of Religion.* MacMillan & Co. 1986.
・Niillas Holmberg. *Underfoot.* Translated by Jennifer Kwon Dobbs and Johanna Domokos. White Pine Press, 2022.
・Lars Imby. *Suomen Linnut.* GUMMERUS. 2014.
・Tove Jansson, Päivi Kaataja. *Hemulin Kasvio.* Werner Söderström Osakeyhtiö. 2019.
・Arja Kotiranta. *Roudan jälkeen.* 2019.
・Juha Pentikäinen. *Shamanism and Culture.* ETNIKA Co. 2006.

・Pekka Sammallahti. *Sámi-suoma-sámi sátnegirji / Saamelais-suomalais-saamelainen sanakirja. Girjegiisá* Oy. 1993.
・John Trygve Solbakk ed./ author. *The Sami People: A Handbook*. Davvi Girji OS, 2006.
・Pertti Turunen and Seppo Saraspää. *Inarijärvi*. Oy Amanita Ltd. 2009.
・Mara Vorhees et al. *Finland. Lonely Planet*. 2018.

その他の関連書籍

・Arthur Rimbaud. *Poésies. Folio*, Gallimard. 1999.

関連動画（いずれも最終接続確認二〇二四年十一月二十七日）

・Inger-Mari Aikio. "Giđđa / Kevät / Spring / Frühling"（「春」）
https://www.youtube.com/watch?v=u3 UQpUfaYuU
——現代サーミの代表的詩人、今回の旅でわれわれをもてなしてくれたイマさんのすばらしい朗読。サーミ語の響きに耳をかたむけてください。

・Niillas Holmberg.
https://www.youtube.com/watch?v=c0 IOvdMfZIs
——歌手で詩人の彼の歌はYouTubeにたくさんあるが、たとえばこれで十分に雰囲気を味わうことができる（歌詞の意味がわからなくても）。

・Wimme Saari. "Boazu"（「となかい」のヨイク）
https://www.youtube.com/watch?v=JFMUdI5 N9 xo

――自然力と一体化し動物に話しかけるようなヨイクの醍醐味。
・朗読劇「銀河鉄道の夜」ショートドキュメント（河合宏樹監督、二〇一三年）
https://www.youtube.com/watch?v=qtytwKBHR44
――朗読劇「銀河鉄道の夜」の始動以来の歩みを記録してきた河合宏樹監督による、二〇一三年の東京国際文芸フェスティバルで上映されたヴァージョン。ここにある光景のいくつかが、サーミランドへの旅につながった。
・映画『ほんとうのうた～朗読劇「銀河鉄道の夜」を追って～』予告編（河合宏樹監督、二〇一四年）
https://www.youtube.com/watch?v=G3mNJAuMw0c
――われわれの朗読劇の初期活動をめぐる本格的ドキュメンタリー映画『ほんとうのうた』の予告編。
・『コロナ時代の銀河　朗読劇「銀河鉄道の夜」』（河合宏樹監督）第32回宮沢賢治賞奨励賞受賞
https://www.youtube.com/watch?v=X_I1SCNECTc
――二〇二一年三月十一日、奥多摩の旧・小河内小学校を舞台に無観客上演された朗読劇「銀河鉄道の夜」をリアルタイムで記録した映像作品。われわれの朗読劇の、東日本大震災十周年の段階での姿。

管啓次郎（すが・けいじろう）

1958年生まれ。詩人、比較文学研究者。明治大学理工学部および同大学院〈総合芸術系〉教授。2011年から、古川日出男・柴田元幸・小島ケイタニーラブとともに朗読劇「銀河鉄道の夜」の活動を始める。2022年、同朗読劇が宮沢賢治賞奨励賞を受賞。

2011年、『斜線の旅』で読売文学賞受賞。著書は他に『コロンブスの犬』『コヨーテ読書』『オムニフォン』『本は読めないものだから心配するな』『ストレンジオグラフィ』『エレメンタル　批評文集』『本と貝殻』『ヘテロトピア集』など。詩集に『Agend'Ars』『数と夕方』『犬探し／犬のパピルス』『PARADISE TEMPLE』『一週間、その他の小さな旅』など。訳書に、ル・クレジオ『ラガ見えない大陸への接近』、サン＝テグジュペリ『星の王子さま』、エドゥアール・グリッサン『第四世紀』など多数。

小島敬太（こじま・けいた）

1980年生まれ。音楽家・作家・翻訳家。早稲田大学第一文学部卒業。シンガーソングライター「小島ケイタニーラブ」として、NHKみんなのうた「毛布の日」などを制作。2011年から古川日出男・柴田元幸・管啓次郎とともに朗読劇「銀河鉄道の夜」の活動を始め、出演および音楽監督を務める。2022年、同朗読劇が宮沢賢治賞奨励賞を受賞。

著書に『こちら、苦手レスキューQQQ！』（絵・木下ようすけ）、共著に『花冠日乗』など。訳書に『中国・アメリカ　謎SF』（柴田元幸との共編訳）、中国の児童文学『紫禁城の秘密のともだち』シリーズ（作・常怡、絵・おきたもも）がある。

東京新聞・中日新聞の書評コーナー〈海外文学の森へ〉、K-MIX（静岡エフエム）のラジオ番組〈魔法の国の児童文学〉を担当。

サーミランドの宮沢賢治

2024年12月15日　印刷
2025年 1月10日　発行

著者 ©管啓次郎
©小島敬太

発行者　岩堀雅己
発行所　株式会社白水社
〒101-0052
東京都千代田区神田小川町3-24
電話　営業部　03-3291-7811
編集部　03-3291-7821
振替　00190-5-33228
www.hakusuisha.co.jp

印刷所　株式会社理想社
製本所　株式会社松岳社

乱丁・落丁本は、送料小社負担にてお取替えいたします。
ISBN978-4-560-09153-1
Printed in Japan